迫降的流星

小川洋子
OGAWA YOKO

莊仲豪——譯

不時着する流星たち

目次

第 1 話

誘拐的女王

The Queen of Kidnapping
In the memory of Henry Darger

姐姐是第一個告訴我誘拐這個字意的人。先不論意思是否正確，她將臉貼近我的耳邊、用著幾乎和呼吸相同的微弱聲音說出「誘、拐」時嘴唇的真實溫度，至今我依然清晰地記得。姐姐的眼神中充滿各種意涵、聲音裡漂浮著令人不寒而慄的秘密，即便我還只是個孩子，也明白這是個不可以輕易拿來當作話題的字眼。姐姐的手腕環繞著我的脖子、我們的額頭緊貼、讓彼此的身體儘可能地貼合，在兩人之間營造出微小的黑暗空間，小心翼翼地不讓「誘拐」這兩個字從中裡頭溜走。如此浮誇的謹慎，會不會反而讓父親和母親起疑，我擔心得無法保持冷靜。

「聽好了。對所有人都要保密喔。」

聽到姐姐這麼說，一方面覺得自己是那個被選上的特別的人而感到驕傲，另一方面又害怕好像會發生什麼無法預料的事情。姐姐將左右手的食指交錯，在黑暗中央做了一個X的記號，作為互相保守秘密的證明。姐姐的手指很細、皺褶格外醒目、指甲是混濁的黃色。我將視線移向那個記號，默默地點頭。當誘拐的話題結束，從環繞著我的脖子的手腕獲得釋放時，垂在肩膀上的三股辮子總是變得凌亂不堪。彷彿是我自己被誘拐過一樣。

姐姐和我並沒有血緣關係。更何況，我們的年齡相差了十七歲之多，因此稱呼她為姐姐究竟適切與否，內心總有著些許不安。一定還有其他更合適的叫法，雖然心中一直這麼想，但目前也找不到解答。想要為此向姐姐道歉，卻又不知道怎麼做才好，內心總是湧現一股愧疚的心情。

當母親決定再婚時就得知對方有個成年的女兒，不過聽說已經獨立生活，而且獨自住在很遠的地方，對於當時不到十歲的我來說，還無法完全理解突然間多了父親和姐姐這件事情。在完全沒有與姐姐見面的機會之下，便展開了新生活。應該有看過照片之類的，但卻從記憶裡散落。對我來說，姐姐好像從來就不曾存在過一樣。

過了一年左右，在沒有任何前兆下，姐姐突然開始與我們同住。當中究竟發生了什麼事情呢。沒有人向我說明原因。某一天，二樓的小房間突然被整理乾淨並搬來了新的床。「從明天開始姐姐會使用這裡」，母親只說了這麼一句話。

床準備好的那天，正對面的老舊公共住宅中庭裡的樹木也進行了修剪，這件事當然與姐姐沒有任何關連，純粹只是個巧合，但我卻怎麼也無法將這兩件事情分開來想。那裡長久以來處於無人狀態，也沒有定期整理，任憑草木叢生。從我的房間窗戶，看著鏟土機、電鋸、割草機輪番上陣切斷草木的模樣，一點也不會覺得膩。整個過程是完全沒有任何遲疑的暴力作業。周圍充斥著令人窒息的泥土味道。隨著散落一地的殘枝，蟲子們由草木各處往天空四處竄逃。

當大部分高大的樹木樹枝被鋸下，下方的草被割除，視野變得清楚時，在自行車停車場的後側、因傾倒的樹木和藤蔓和雜草等交錯在一起而顯得更加茂密、罕無人煙且日照不佳的地方，突然地出現了一間小屋。沒有人知道這裡居然潛藏著如此這般的建築物。作業員們一個接著一個歪著脖子往裡面看。究竟是倉庫、垃圾場，還是管理員室，就連它的用途也看不出來。

骰子形狀的小屋是水泥建造的，沒有經過任何裝飾。窗戶玻璃碎裂散落一地，門已經變色且感覺濕黏，屋頂上堆疊著腐爛的樹葉。無限延伸的爬牆虎恣意環繞著牆壁，像是承受不了束縛而產生的裂縫中，生長著青苔。

它看起來就像是無意間逃進了茂盛的草木中，脖子慢慢地被藤蔓纏繞，在活生生的狀態下變成標本的動物。

隔天，姐姐出現了。第一次見到姐姐時，有一瞬間不禁覺得，姐姐一定來自那個小屋。原因我也無法清楚說明。姐姐的穿著相當乾淨，和青苔、腐敗的土壤或是屍體可以說一點關聯性也沒有。無論如何盯著她看，從姐姐身上也找不到任何一片藤蔓的葉子。話雖這麼說，我還是確信這個人一定在草木深處的小屋裡躲藏了很久，因為受到礙事的人打擾，與蟲子們一同被趕了出來才無家可歸。一定是這個樣子沒錯。

與舒適小屋的空間相符，姐姐的行李也非常少。一個小小的裁縫箱。那就是她的全部。彷彿提著精美的手提包一般，姐姐握著老舊的木製裁縫箱提把站在那裡。紅豆色的裁縫箱上了漆而充滿光澤，帶著一股藥的味道。

和新父親的三人生活，好不容易才開始適應，因為姐姐的出現，一切又得重頭來過。母親尤其慌亂。形式上只不過是多了一個女兒，事實上卻不是如此單純。三十五歲的母親和姐姐僅僅相差九歲，以年紀來說，要說是姐妹也不為過。因此無論是與對方說話還是照料生活起居，母親總是一副迂迴又謹慎的樣子。

「換洗用的內衣褲，放在最下面的抽屜裡。我挑選了不會過大也不會過小的尺寸，不知道可不可以呢？」

「只要浴室空著，可以隨時去洗澡，不用在意先後順序。打開熱水的方法都知道嗎？」

「來辦個歡迎餐會吧。這個主意還不錯吧？有什麼喜歡的菜色請儘管告訴我。」

母親用著彷彿她才是女兒的方式說話。一心想著只要禮貌地對應，事情就不會往壞的方向發展，用字遣詞反而因為彆扭而顯得詭異。

另一方面，無論以何種方式和姐姐說話，她總是一副心不在焉的樣子，也幾乎不曾主動開口說話。不過，非但不討人厭，反而瀰漫著一種沉穩的氛圍，無論何時都像身處在某個天空，一個人眺望著與眾不同的方向。最令人感到不可思議的是，姐姐一整天都待在家裡，沒有上學或是工作，當然也不可能幫忙做家事。那麼到底都在做些什麼呢？即使問了姐姐也沒有回答的打算。

最能準確象徵姐姐的，我想還是裁縫箱。即使在家中，裁縫箱也片刻不離身。無論是坐在餐桌上、靠在沙發上、或是在鏡子前梳頭時，裁縫箱一定擺在身邊。說它是身體的一部分也不為過。

「那裡面，放了些什麼東西？」

晚餐時我這麼問。只要看到姐姐的這種模樣，無論是誰都會忍不住想問才對。

它正好端端地被放在姐姐的膝蓋上。

「這不是應該在吃飯的時候聊的話題。」

一陣沉默過後，父親用一種不知道在對誰說話的曖昧語氣如此說道。母親站起來去拿冰箱裡的飲料，而姐姐則是一副聽不見我的聲音的樣子，像沒事一樣繼續吃飯。我也無法再追問下去了。這段期間裁縫箱也沒有因失去平衡而滑落，安穩地保持在既定的位置上。

晚餐過後，到了我的睡覺時間，同一時間姐姐也下樓回到自己的房間。

「晚安。」

彷彿是要供奉給夜晚之神的供品一般，姐姐捧著裁縫箱，朝我們深深地一鞠躬。

從很早開始我就注意到，白天時沉默寡言的姐姐，一到晚上就會突然變得十分聒噪。只要橫躺在床上，把耳朵貼近牆壁，隔壁房間裡姐姐的聲音就不可思議地聽得非常清楚。一開始還以為，姐姐不知道什麼時候找來了客人。因為可以清楚聽到

三、四個男女交談的聲音。但是並非和樂融融的樣子，反而像是談判破裂般的緊張局面，讓我不禁感到害怕。

「……不殘忍點不行……不行、再來再來……羞辱她……已經無法回頭了……哼！了不起……就說像妳這種人……少管閒事……」

那些話語交錯著。雖然聽得見聲音，卻無法將這些話語串聯起來，弄懂它的意思。只感覺到每個人都胡亂地辱罵姐姐，而姐姐正在求饒。我將身體蜷縮在床上，盯著漆黑的牆壁上的某個定點，祈禱著父親和母親趕快來救姐姐。再拖下去就太遲了。光是這樣想就讓我不禁顫抖。然後開始出現像是移動重物、丟擲東西的聲音，還開始聽見姐姐的哭泣聲，我終於再也無法忍受，從床上起身，去父親和母親的寢室敲門。我用棉被將身體包起來，感覺這樣會比較安全。

「姐姐很忙的。」

可是母親只回了這麼一句話。甚至連寢室的門都沒有打開，看來父親和母親絕對沒有打算對姐姐伸出援手。

萬萬沒想到，能在某個單純的契機下，看到裁縫箱的內部。寒假的某個週日，當父親和母親外出，只剩我們兩個人看家的時候，我不小心觸碰到暖爐上的煮水壺，燙傷了右手的手背。看到這一幕的姐姐喊著「哎呀、不得了了」，同時立刻把我帶到洗手台，把水龍頭開到最大，用水冷卻我的右手。由於姐姐的動作實在太快，一時之間我甚至不知道自己發生了什麼事情。

「媽媽一定會很生氣……」

我用半哭泣的聲音說。為什麼偏偏是在兩個人獨處的時候發生這種事情，這件事我想遠比燙傷更嚴重。

「不會的。」

姐姐斬釘截鐵地說。

「沒有任何大人會對受傷的孩子生氣的。」

為了讓被燙傷而發紅的部位保持在水流的正下方，姐姐不在乎自己的毛衣被弄濕，只是一直握著我的右手。雖然水是冷的，但我還是逐漸感受到姐姐的手的觸感。那是種不言而喻的堅強。平時捉摸不定、飄忽的姿態已然消失，在我眼前的是全新的姐姐。

現在我身旁的這個人，過去到底都躲藏在哪裡呢。感到奇妙的我不時地注視姐姐的側臉。不過這個人確實是姐姐沒有錯，證據就是裁縫箱正好端端地擺在我們的腳邊。

在研判受傷的地方已得到充分的冷卻後，姐姐走進公共住宅的中庭，繞著小屋走了一圈，從茂密的草木殘骸中發現了蘆薈，折下一片帶了回來。從態度看來，姐姐一定相當熟知中庭的地理環境。在窗邊遠眺著這一切的我，更加確信了那個小屋一定是姐姐先前的住處。

「只要擦上這個，就一切搞定。」

姐姐將蘆薈的黏稠汁液塗抹在我的手背上。濕透的右手覆蓋了一層透明的膜，對著窗子伸出手，可以看見血管從冬日的陽光中透出來。

「已經用不著害怕了。」

姐姐微笑說著，最後彷彿施展咒語一般，往我的手上吹了一口氣。

「那裡面，放了些什麼東西？」

我再次問了那個問題。也許是因為燙傷的痛楚已遠離，心想這麼一來瞞著母親也沒問題，心情因此輕鬆了起來的緣故。在餐桌上或許不適合，但現在的話一定可以聊的。

「裡面沒有任何裁縫的工具呢。但是大家為什麼都叫它裁縫箱呢。」

姐姐相當乾脆地打開了開關。開關的地方因磨損而變得鬆弛。由於剛剛的燙傷騷動，裁縫箱沾上了水滴，表面的漆泛著華麗的光，藥味也更重了。提把上染有與手指形狀相同的污漬。掀開蓋子的時候，生鏽的鉸鏈軋軋作響。

箱子的內側是原木，紅豆色的塗料從表面流下來，勾勒出隨心所欲的曲線。或許由於總是提著它走來走去，裡面的物品混雜在一起，呈現出凌亂的狀態。指南針、口紅、藥丸、火柴棒、書籤、小石頭、紙束、量角器、筆頭、臂章、杯墊、羽毛魚餌、領巾、狗的擺飾品……。總之用途不明的各種物品全擠在一起。

只要開口，無論什麼物品姐姐都不吝惜地拿出來借我看。無論我如何觸摸、翻轉、搖晃它們，姐姐的臉上也沒有一絲不悅。拿到手裡看我才發現，這些物品全都有不完整的地方。指南針的針被折彎、口紅上都是黴菌、領巾上有被蟲咬過的痕跡。狗的擺飾品缺少了一隻後腳。

「這裡的東西全都是……」

說到這裡，姐姐用手腕環繞我的脖子，將我的身體往她的方向拉過去，把額頭貼了上來。

「當我被誘拐的時候，從危機中拯救我的物品喔。」

「天啊。」

我不禁大聲地說。

「誘拐？」

「沒錯。誘、拐。」

「所以姐姐果然是被關在那間小屋裡？」

「……對啊……嗯，就是這麼一回事。」

隔了許久後，姐姐才點頭。嘴角浮現著既不是笑也不是害怕的表情。一方面我對於自己的直覺正確感到滿意，但同時也因無法忍受不舒服的感覺而嘆氣。

「那間小屋……」

每當姐姐說一句話，頭蓋骨的觸感便會透過額頭傳來。我想站起來往中庭的方向看，但環繞在脖子上的手腕太重，使得我無法採取行動。已經治好的燙傷，又開始傳來陣陣疼痛。手背上乾掉的蘆薈汁液，透著淡淡的綠色。

在那之後，我最期待的事，就是尋找不會被母親發現的機會，到姐姐的房間去玩，聽姐姐說被誘拐時的冒險故事。除了母親準備的床和用來放置換洗衣物的小櫃子之外，那裡什麼也沒有。帶有些許色彩的裝飾品、實用小物、貴重品、興趣相關物品、紀念照。完全看不到任何生活中自然會積累的物品，只有裁縫箱悄然地放在床中央。

像是標記出重點般，我面對著它坐進床裡。首先我閉上雙眼，從裁縫箱裡挑了一個物品拿出來。

「那麼，就這個。」

「好的，我知道了。」

然後彷彿要將記憶拉回來似的，姐姐會先把目光向天空游移，再調整到固定的姿勢，確認手腕是否確實環繞在脖子上、額頭之間是否沒有縫隙。確定沒有任何遺漏之處後，才終於開始敘述關於那件物品的故事。

無論是量角器、臂章，還是羽毛魚餌，各自都有著如同量身訂做一般的冒險故事。即使外表看起來沒有用途又不值錢，背後都隱藏著任誰也無法想像的炫目世界。而享受這一切的是我和姐姐，只有我們兩個人，任誰也無法打擾。我們的眼裡看到的全是對方，這種感受也因此更加強烈。

只要一開始敘述，姐姐總是一氣呵成。沒有任何遲疑、停頓、模稜兩可，從開始到結束，以一種唱著長曲的方式訴說著。而且還會依據眾多的出場角色分別使用不同聲音、穿插效果音以及在最高潮的地方提高音調，增加臨場感。姐姐既是說故事的人，同時也是可憐又美麗過人的女主角。

誘拐原來如此讓人震撼，我不禁啞然。當然姐姐沒有做錯任何事，之所以被誘拐的理由，除了因為姐姐是姐姐，找不到其他解釋。說姐姐是為了被誘拐而生，也完全不誇張。清澈透明的美麗、掩蓋不住的聰穎、極為罕見的順從。愛上姐姐的這一切的法外之徒（姐姐是這樣稱呼犯人的），以這些美好為目標，無論如何也無法不加以誘拐吧。即便自己放棄也會有其他人會這麼做，法外之徒經常以這個當作理由而付諸行動。

與法外之徒的漫長旅程就此展開。不管是頭髮長到小腿、瞳孔深處變得空洞、覺得想吐，旅程都不會結束。被龍捲風捲走了身上所有的東西、因為持續日照而失去意識、被蝗蟲大軍攻擊、遭遇其他的法外之徒襲擊。真的可以說面臨了各種千奇百怪的事情。有飢餓，也有傳染病。有俄羅斯輪盤，也有鞭打。即使萌生了些微的期待，馬上就被加倍奉還，推落更深的絕望。法外之徒刻意以極端反差的行為欺負姐姐，並且得意地笑著。

姐姐一個一個跨越這些難關。不僅靠著自身的智慧、忍耐力、強健的身體，裁縫箱裡的各種物品也幫了大忙。火柴棒的軸、領巾的洞、狗的後腳，都將姐姐從生死關頭中解救出來。有時也會發生只能說是上天安排好的奇蹟。一連串的偶然事件，成為了冒險的歷史。啊，原來如此，它們身上某處所受的傷，應該就是冒險的勳章吧，我輕輕地點頭。

然後終於抵達了小屋。不過旅程並非就此告終。只是進入了新的階段。無止盡的黑暗與靜默。有時甚至不禁覺得，這樣也比行走在龍捲風或是烈日或是蝗蟲之中要來得好多了。為了徹底執行讓姐姐連一步也無法行走的命令，法外之徒在姐姐的腳踝栓上了鐵球。

這裡是哪裡呢。姐姐摸不著頭緒。水泥地板上積著泥水而濕濕黏黏的、老鼠竄來竄去、四周被黑暗包圍。窗戶被茂盛的綠意遮蔽，加上樹木的生長與日俱進，就連微弱的日光也看不見。這段期間法外之徒依然持續著暴行。究竟是會先被綠意壓個粉碎，還是會先被法外之徒徹底毀滅，無論如何時間都所剩不多了……。

我最喜歡的，當然還是拯救時的場景。

「是『孩童守護會』的人們喔。」

姐姐說道。提起這個組織的名稱時，姐姐的聲音變得特別。一個音一個音、仔細到彷彿能感受舌頭的動作，聲音所及之處都滿溢著感謝與尊敬。

一瞬間我曾以為，孩童守護會的人們，就是那些在中庭裡修剪草木的作業員，但在聽到讓人感動不已的拯救經過之後，立即明白不是這麼一回事。『孩童守護會』的人們一定更加勇敢、帥氣，擁有拯救誘拐的女王所需的高尚品格。我所看到的修剪工程，只不過是拯救的重頭戲結束後的收尾工作罷了。

守護會的人抱起自己時，彷彿長出翅膀的心境。扯斷的鐵球掉落在地板上的聲音。從法外之徒的口中吐出的鮮血的黏稠與臭味。姐姐沉醉地說著。

冒險結束時我們都滿身大汗。每一次，我都會因為姐姐平安得救而感到安心、覺得「真是太好了」而忍不住長長地嘆一口氣，又或者是想到眼前這個瘦小的女性跨越過這些困境的事實而心生畏懼。

「要如何才能見到守護會的人們呢？」

我問道。如果自己也能被守護該有多好，我開始夢想著。守護這個詞的意思對我來說太難了，但根據姐姐的描述，我明白那是只有被神指定的女王才能擁有的特權。

「很簡單喔。」

呵呵呵，姐姐一邊笑著一邊回答。

「只要被誘拐就行了。」

原來如此，我點頭。

「那麼，今天就到此結束。」

姐姐關上了裁縫箱。

「對所有人都要保密。」

左右手的食指做出的X記號，是故事結束的暗號。

房間裡當然什麼也沒有。因為姐姐把一切都收進了箱子裡。就是這樣，我用孱弱的聲音呢喃。

中庭的小屋沒有被修理，也沒有被破壞，就那樣閒置著。好不容易從茂密的深處被拯救出來，卻沒有人願意理它。有幾個為了抄近路而穿越中庭的人，但別說是停下腳步，就連它的存在也好像沒有發現似的走了過去。

小屋像個四方型的箱子動也不動地蜷曲在那裡。看起來像是埋葬出乎意料地中斷、任憑日光曝曬、不知如何是好的模樣。屋頂的落葉與牆壁上的青苔也都還在。隨著不同時間，根據陽光的強弱，有時依稀可以看見裡面。不知道是泥土、朽木，還是垃圾，地板上覆蓋著黑色的東西。角落裡，有著更深的黑色的東西應該是鐵球吧。我猜想。腦中出現只要姐姐稍微動一下，鎖頭勒緊腳踝、磨破皮膚、混著鐵鏽和血的鐵環往上浮現的畫面。我的臉頰上還殘留著姐姐的氣息。

原本以中庭為巢的小鳥全都失去了蹤影，日落之後四周仍是一片寂靜。曾經任意綻放枝葉、蓋住整個天空的樹木，也全部變成了殘破的斷木。落葉中很快地長出了雜草，根部殘留在某處的爬牆虎，新長出的莖正試圖攀上小屋的牆壁。

再一次，埋葬誘拐的女王的準備工作也許正在成形。我把身體從窗邊伸出去，專注凝視著。小屋漸漸隨著夕陽下沉，鐵球也被黑暗抹去。

其中讓我擔心的是，聽到故事的那天晚上，造訪姐姐房間的人數便會增加，他們的所作所為也更加地粗暴。雖然其實我想要聽更多故事，但只要一想到夜晚的騷動，時常會猶豫不決。

一旦騷動開始，應該摀住耳朵假裝聽不到的決心，與無論多麼微不足道的一句話也想聽聽看的兩種情緒互相拉扯著，讓我根本沒有一絲睡意。他們是從哪裡來的呢。除了那間小屋以外應該沒有其他地方才對。也就是說，他們打算再次誘拐姐姐。

由於每天持續觀察，即使窗簾是拉上的，我也能正確描繪出映照在窗戶玻璃上的小屋輪廓。可以聽見毛毯摩擦的聲音、他們踩著落葉朝姐姐房間走來的腳步聲。父母親的房門一如往常關著，嗅不到任何要出來的氣息。

某天晚上，我終於再也忍不住了。躡手躡腳地站在姐姐房門前，往裡面窺視。依然是空無一物。所有的燈都點亮著、床單維持著整理好的狀態，沒有睡過的跡象。和說故事的時候一樣，姐姐面對著裁縫箱坐在地板上，但卻絲毫沒有受到幸運之神眷顧、惹人愛憐的女主角的模樣。膝蓋顫抖、眼神飄忽不定、呼吸節奏混亂。蜷縮的背和發紫的嘴唇，讓姐姐看起來老了十幾二十歲。

「不知羞恥的……」

忽然之間，從那張嘴唇發出了男性的怒吼聲。像你這樣的……竟然做出這種事……要怎麼償還……情況如此嚴重……罪孽深重……啊，真是卑劣……

男女老少各式各樣的人，爭先恐後地出現。所有人都從小屋往黑暗裡走，踩著落葉靠近，激動地責罵姐姐。

「對不起。」

姐姐把額頭貼向裁縫箱，為了看不見的某個人而道歉。

「對不起。對不起。」

姐姐像是除了這句話以外無法說出其他話一樣。即使透過門的細縫，還是能看見被眼淚淋濕的臉頰。

「對不起。我會當個乖孩子。都是我不好。」

姐姐胡亂地翻找裁縫箱，用量角器敲打臉頰，同時用筆頭往頭上刺了好幾下，把小石頭和藥丸塞進耳朵的洞裡。

「我再也不敢了。拜託了。求求你們……」

處罰並沒有因此停止。火柴棒的軸攻擊著眼皮、臂章掐起上手臂、羽毛魚餌刺向手掌心。活躍於誘拐的冒險的各種物品，各自擁有著與本身的外觀相符、傷害姐姐的方法。

「這樣還不夠嗎。還要繼續嗎。」

到了最後，姐姐開始用領巾勒自己的脖子。聲音變得沙啞、斷斷續續、彷彿下一刻就要消失了一樣。肥大的舌頭從越過紫色變成土色的雙唇之間跑出來。才剛塞進去的小石頭和藥丸，像是已經無法再承受一般、稀稀落落地掉了下來。握住領巾的手始終保持著用力。

「不可以。」

當我這麼叫著並試圖推開門的瞬間，姐姐的上半身失去平衡，裁縫箱翻倒，裡面的隔板脫落。那時我才第一次知道，原來箱子被分隔為兩層，下方還有一個收納空間。一個奇妙的布偶從那裡滾了出來。那是個大小約單手可以握住、用看起來像黃色的毛氈製作而成、像是貓和蝴蝶和蛇的綜合體、用任何動物都難以形容的布偶。

姐姐用不安的手撿了起來，彷彿擁入懷中般地，將它輕輕地貼在被領巾勒出紅色痕跡的喉嚨上。從姐姐的動作看來，這個物品雖然不像是為了傷害她而存在的，但是祈求原諒的肺腑之言和眼淚依然不停地湧出。

佇立在門前，無法離開，但也無法走進去，我能做的只有祈禱。面對著「孩童守護會」的人們，雙手合十，無論如何請拯救姐姐，我反覆祈禱著。

因為只有過那麼一次，與姐姐兩個人一起外出那天的事情，我記得一清二楚。為了購買在才藝發表會演出時使用的髮飾，我們到市區裡去了。一定要讓姐姐替我買裝飾著閃亮珠子的可愛髮飾，我滿心期待著。母親將比髮飾的價錢還要更多的錢交給姐姐，我沒有漏看這一幕。那些錢會變成聖代，還是鬆餅，光是想像我的口中彷彿也變甜了。母親不在身旁的這件事情更讓我感受到輕鬆自在的心情，真的是太好了。

但是，姐姐就不是這樣了。提著裁縫箱的右手滿溢著未曾有過的緊張感，另一隻手則始終抓著我的手腕不放。無論在公車裡、還是走在大路上，姐姐都弓著背、眼睛往上環視著四周。車子的喇叭聲或是孩子的喧鬧聲，只要聽見稍微有大一點的聲音，就會立刻受到驚嚇，將裁縫箱往胸口靠近。手掌、上手臂和脖子上都留有那個晚上的傷痕，我卻裝做沒看到。

「對面走過來聳著肩膀的老人，要小心。」

「那裡，路燈的底部生鏽了。不要靠近。」

「什麼啊，戴著可笑的帽子的大隻女。」

「這條路不好。彎曲著看不見前方。」

「那裡，有狗屎。」

姐姐的目光環視著各個方向，將所有在意之處一個一個在我耳邊呢喃。只要走個五步就會有需要注意的事情，然後必須一次次變更前進的道路、橫越到對面或是躲在郵筒的陰影後面。

「畢竟是被誘拐過一次的少女阿。」

話先說在前頭，姐姐用這樣的語氣說道。

「自然會變得能感應到喔。誘拐的預感。」

雖然兩隻手都很忙，姐姐還是苦心地用食指比出X的記號，用眼睛對我打暗號。那些事物中真的如此散落著誘拐的危險嗎？我差點就要脫口而出，不過再仔細想想還是打消了念頭。

東搞西搞之中，就連原本要去買髮飾的百貨路徑也搞不清楚了。即使如此，姐姐沒有停下來思考、也沒有詢問任何人、只是一直順著自己預感的方向前進。追根究柢比起抵達百貨，迴避危險才是更重大的問題。

「鋪在那裡的石頭，不要踩。」

「屏住呼吸。這個香水很危險。」

「回頭吧。風向太差了。」

連綿不絕的指令逐漸變得細微且嚴密。話雖如此，卻也沒有隨便找間咖啡廳進去，逃離危險的想法，姐姐只是不停地走。不時撿起路上歪掉的迴紋針、玻璃碎片、火車票等可以利用在懲罰上的物品，收進裁縫箱裡。

每當我們禮讓人群、過馬路、在街角轉彎至未曾見過的道路時，就離百貨越來越遠。我領悟到必須對聖代和鬆餅死心，嘆了一口氣。雖然腳很痛，口也渴到不行，卻找不到時機開口。萬一干擾了誘拐的預感，哪怕只有一瞬間，我們可能就會真的被誘拐，不知從何而來的恐懼籠罩著，光是要配合姐姐的步伐就讓我分身乏術。

「好，就是這裡喔。」

彷彿測量著疲憊到一步也走不動的時間點，姐姐突然停住了。那是一間門口不算寬、人影稀疏、微暗的商店。

「這裡、這裡。」

姐姐一個人點著頭，往裡面走去。細長的店內，兩側設置著玻璃展示櫃，隨處可見推車和棚架，各種形狀的商品未經整理般的陳列著。環視四周，過了好一陣子我才明白，那是間運動用品店。表情陰暗的瘦弱老闆站在展示櫃旁。

「喜歡什麼都買給妳。」

這間商店不危險嗎。直到剛才都膽顫心驚的姐姐，突然找回了開朗的女王般的聲音，在店裡來回走動，隨意地將籃球往上丟，試戴棒球手套。

「不用客氣喔。」

我靜靜地靠近老闆，以姐姐聽不見的音量，小聲詢問有沒有販賣珠子的髮飾。我試著以最有禮貌的字眼詢問，但搖著頭的老闆的態度並不好。好吧，無所謂，不過只是問看看而已，我表現出這種態度，慌張地從老闆身邊離開。

「不管多貴都沒問題。交給姐姐。要從這裡的所有東西之中，選出妳最想要的喔。」

這裡的所有東西，姐姐一邊說著一邊張開手臂。手掌的正中央，可以看見被羽毛魚餌所刺的傷口已經結痂且紅腫。我再次環視店內。想不出任何一個想要的東西。越是焦急，越是不知如何是好，只感覺到混亂。

「這個。」

無奈的我，連那是使用於何種運動、什麼樣的道具都沒有確認，便指著矮櫃裡的一個物品。只是食指偶然地指向那裡而已。

「很棒不是嗎。恩，好呢。非常地好。」

在髮飾和聖代和鬆餅都離我而去之後，決定把因為滿足而雀躍不已的姐姐的姿態當成不幸中的大幸，我用盡全力地說了聲「謝謝」。

那天，究竟是怎麼回到家裡的，關於回程我完全沒有記憶。看著才藝發表會時的照片，頭戴著閃爍粉紅色光芒珠子的髮飾跳著舞的我，看來似乎順利地買到了髮飾，但中間的經過我卻忘得一乾二淨。只記得姐姐買給我的運動用品體積異常龐大，被公車上的乘客不斷注視著，一句話都說不出口。早知道會這樣，就選更輕更好攜帶、可以收進裁縫箱裡的東西了，我打從心底後悔著。

那是個前端有著葫蘆形狀的網子，和我的身高差不多的細長棒子。如果要用來抓蟲子或是當作掃除用具，網子的洞隙都太大了，根本派不上用場。在一邊的手臂被姐姐抓著的狀態下，要一直握著不讓它卡在天花板上，維持著不會伸出到通道上的角度，真的非常辛苦。

之後我才知道那原來是袋棍球的長棍。不過就算知道了又如何。直到現在我也不清楚袋棍球究竟是什麼樣的運動。但是長棍一直都在我的身旁。雖然它從未在競技場上奔跑或是接球，但每次搬家時它也總是跟著我。在我曾經住過的所有房間的角落，都立著姐姐買給我的長棍。

「妳選到好東西了呢。」

姐姐誇讚我。

「用這個就可以擊倒法外之徒了。」

姐姐朝我眨了眨眼睛，第一次打開了裁縫箱的下層讓我看。

「我被誘拐時報紙上的新聞。」

像是取出珍藏的寶物般，姐姐拿出來的剪報已完全變色，折起來的地方嚴重磨損，彷彿一不小心碰到就會化作粉塵一樣。

上面刊登著可愛女孩的黑白照片。穿著領口和袖口是蕾絲的連身洋裝、感覺高貴的皮鞋，眼神看向這裡，臉上浮現著害羞的微笑。燙捲的頭髮蓬鬆地散落在肩上。瞳孔透明到幾乎和玻璃分不清楚。無論我怎麼盯著看，都看不到任何姐姐的影子。那是個來自我所不知道的遙遠國度的少女。少女的照片被黑色的線框了起來。

「只讓妳一個人看。」

印在上面的，是我從沒見過、有著不可思議形狀的文字。我一個字也無法理解。

剪報下面藏著那個晚上姐姐抱著的布偶。近看更加顯得奇妙、同時也明白再去思考那是什麼動物也只是浪費時間而已。圓形的頭上有三角形的耳朵、四片翅膀和沒有腳的身體。尾巴的末端捲曲成一個圓。發黑的棉花從接縫處跑了出來。

「這是『孩童守護會』的守護神喔。」

姐姐說。

「守護會的人給我的。名字叫布雷根（Blengins）。沒有毒的，放心。」

姐姐將黃色的翅膀上下擺動著。

「只要有布雷根和那根長棍，我們就無敵了。什麼也不用擔心。吶，妳說是吧？」

無論再怎麼確認也不夠似的，姐姐緊握著守護神，反覆確認直到我點頭為止。

結果，和姐姐同住的日子不到半年。在那之後，我再也沒有見過姐姐。因為母親和父親離婚了。中庭的小屋在那之後怎麼樣了，也已經無法確認了。就像是姐姐從我身邊再次被誘拐了一樣。

今天晚上，姐姐會經歷怎樣的冒險並從誘拐的絕境裡救出自己呢。有時我不禁這麼想著。雖然已經過了很久，但曾經有那麼一瞬間是我的姐姐，因此就連細節我都能鮮明地想起。在回想的過程中，自然地發現正在祈禱的自己。

『孩童守護會』的各位，請守護我的姐姐。

握著袋棍球的長棍，我將與夜晚的深度相比一點也不可靠的小小網子往頭上舉起。為了不讓誘拐的女王再次受到傷害，我將以那根長棍擊破邪惡的黑暗。我的右手手背上，還隱約留有燙傷的痕跡。

亨利・達格

Henry Darger（1982-1973）

生於美國依利諾州芝加哥。默默地創作描寫與掠奪孩童的邪惡對抗的少女戰士們的長篇圖文小說《不真實的國度》，在沒有得到任何人的認同下，以工友的身分結束了一生。因病被送至救貧院時，其房東從被垃圾掩埋的房間裡救回了這個故事。布雷根（Blengins，半人半龍的神秘生物）是王國裡的怪獸，真心期盼著孩童們的幸福，由喉嚨深處的針釋放出的甘甜汁液，能夠讓孩童們起死回生。墓碑上刻有「孩童們的守護者」的文字。

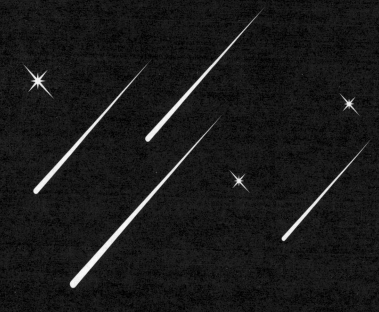

第 2 話

散步同盟會長的信

A Letter to the Chairperson of Walking Association
In the memory of Robert Otto Walser

今天有些涼意，我穿上了厚大衣，把靴子的鞋帶牢牢綁好後才出門。當然，也沒忘了圍巾和手套。

晴空萬里。彷彿只要丟下一顆小石頭，就能聽見任何樂器都無法發出的清澈聲音。花壇裡枯萎的花朵、插在門上的旗子、沿著圍牆相連的長青樹，眼前的景物一片寂靜，唯一在移動的，只有穿梭在樹木之間的小鳥。只要走到樹蔭下，地面的寒氣就會伴隨著尚未完全融化的霜的觸感，從鞋底傳上來。不過，只要稍微走一下，就不會在意腳的寒意了吧。滿滿的陽光灑下來，一點風也沒有。是個最適合散步的午後。

不過，身為散步同盟會的會員，我內心還是很清楚明白。好天氣絕對不是散步的必要條件。不、不僅如此，每當想到在這種日子還要到外面去走走而皺起眉頭的時候，反而是能夠體會到散步真實模樣的機會，我一直是這麼想的。

那是在來到這裡之前、很久之前的事情了。當時居住的公寓隔壁，住著純樸又嚴謹的一家人，有著良好身教的一群孩子。每天，八個孩子全數前往附近的市民公園散步，是一天中的義務。無論下著大雨或酷暑的日子也不例外。據說好像是他們的母親認為這樣可以鍛鍊身體。由高到矮的身高排成一列、彷彿修行般的行進，在這一帶也小有名氣。但就在某天，母親不幸地因胃癌而過世。會不會是因為太在意孩子的鍛鍊，反而沒有時間照顧自己的身體呢。葬禮的景象，現在仍然歷歷在目。八個孩子如同每天的散步一樣排成一列，前往有一段路程的墓地走去。那是讓人佩服的行進。他們沒有因悲傷而失去自我，而是平靜地沉浸於對母親的思念裡，眼神朝下彼此安慰著。每一個腳步聲，都是只有手足之間才能意會的無聲言語。在那裡的不是死亡的殘酷，反而是一種純粹。啊，原來他們的母親是為了這一天的到來，才每天讓孩子們去散步的啊，所有人都明白了。

眼睛被狂風吹到睜不開的日子、雪下個不停的日子，我依然會去散步。無論我如何用力踩著地面，大衣的下襬被風吹得啪啪作響，感覺要被吹走、無孔不入的雪跑進靴子裡，濕得讓人難受之類的，各種肉體上的苦，在行走中會一點一滴地昇華為另一種形態，而我喜歡體會這種變化。比如說，被捲起的沙在空中描繪出標準的漩渦。扭曲卻沒有任何斷片、流往特定方向的雲。明知道終究會消失、仍然忠實刻劃我的每一步的足跡。每次呼吸時消失於一瞬間的白色氣息的慎重。總而言之，就是那些東西。

我和身體之間產生了縫隙，只有身體微微地往後移動了一些。不過不僅沒有不安，心情反而變得輕快，有種即使一直走下去的終點是另一個世界，還是想要繼續散步的念頭。能夠體會到那種心情的，大多是天候險惡的日子。放眼望去，四周連一個散步的同伴都找不到的時候，我總是會想起那八個孩子。以他們純潔的背影為路標而走著。

說到這個，聽說會長人生中最後一次的散步也是在下雪的日子。手掌般大小的雪持續下著，無論是風景、或是行走中的你都不會被覆蓋住的天氣，我是這麼想像的。在散步途中，真的被昇華成其他型態，沒有比這個更符合散步同盟會長的行為了吧。

當然，我沒有打算在這裡說明正確的散步方式。因為散步本來就沒有所謂的正確和錯誤。散步同盟會的優點，就是沒有規章、誓約書等任何不通情理的形式。人生中散步是不可或缺的，只要滿足這一個條件，誰都可以是會員。如此簡單明瞭真是讓人心情愉快。

我順著花壇旁的小路前進了一會兒，繞著菜園迂迴，跨過小河上的拱橋。路線隨著心情，每天都不同。隨處可見同樣是在散步的人們。頂多是以眼神交會，但多半只是沉默地擦身而過。沒有特別確認的必要，我不知道他們是不是同一個同盟的會員。我不是那種可以輕鬆地和不太熟的人聊天的類型，而這裡的人們也應該幾乎全部有著同樣的傾向。

沿著圍牆繞一圈的路線，是我的最愛之一。無論散發著美好香氣的玫瑰如何盛開、可愛的小狗如何打滾，都無法讓我分心，在長得比圍牆還要高的茂密樹木下，心無旁鶩地走在稱不上道路的路上。那麼，到底花了多少時間呢。是四十分鐘、兩小時、半天，還是一輩子。雖然鞋子被日照不充足而濕黏的地面弄髒、頭髮被樹枝勾到、臉頰被尖尖的樹葉刺到，這些我都不在意。穿越樹枝與樹枝之間的縫隙時，有時手會觸碰到圍牆。手掌的對面已經沒有世界存在了，我呢喃著。閉上眼睛、縮起肩膀、充分感受著身處這個世界最邊緣的自己。那裡就是我的歸屬。

在這裡，有著不可走出圍牆外面的規定。在我抵達之前就已經是這樣了。當然只要提出許可申請，隨時都可以外出，用不著擔心。只是我從來沒有提出過申請罷了。為什麼大家都想到外面去呢？我覺得不可思議。樹林、山丘、溫室、水車、山洞，這裡什麼都有。有販售點心和飲料的商店、也有變成廢墟的娛樂室。水池裡棲息著成雙成對的小鴨、帶著淺淺微笑親手交付白色袋子的實習少女站在藥局的櫃台裡。

除了這些，究竟還需要什麼呢。我想不出來。這樣已經足夠了不是嗎。只要圍起世界，那裡就會有世界誕生，某本書中這麼寫著。那大概就像是天亮之前，被產在菜園裡的蝴蝶的卵，在一片樹葉上閃耀著如同明星般的光芒一樣吧，一定是的。

也許說出來沒人相信，但其實我是一個沉默寡言的人。如此這般地與您說話、其實全都只是在心中所發生的事情，從外在看來，我不過是個面無表情沉默的男子罷了。用只有不存在這裡的東西才能聽見的聲音的話，便能滔滔不絕，但只要面對著眼前的人，不知道為什麼就無法順利浮現出言語。

在散步途中，總是變得特別多話。幾乎可以說在那段期間中一直在說話。說話的對象沒有限制。因為包含您在內，總而言之，與我有交情的所有人，都已消失在遠方，成為「不存在這裡的東西」了。

幾十年前因工廠的意外事故死去的年輕父親。嫁到遠方城市文具店的妹妹。蜷曲著背時好像能收進妹妹的娃娃屋裡、身形瘦小且辛勤工作的祖母。絕對不跳到手上、自尊心高的文鳥。經常堆在枕邊的小說裡的登場人物……。雖然剛剛我用了所有人這個字眼，但實際舉例後，也不是什麼了不起的人數。十隻手指頭就十分足夠了。

氣溫又下降了一些。將皮手套重新拉好至指縫的關節吧。手套已經完全地破爛、縫線鬆脫、指尖的地方也快要磨破了。這是父親留下來的手套。

兩天前下的雨使小河的水量增加、水流撞擊岩石、到處捲起白色的漩渦。往下走到水的邊際，天空看起來就更高也更開闊。眺望了一下天空、深呼吸之後，沿著靴子再差一點就會被水浸濕的地方往上游走去。為了尋找小石頭。這是除了說話之外，另一個重要的散步的樂趣。

某天，偶然發現了有趣的小石頭。形狀像是「て」這個字。不自覺地撿起來、放在掌心上盯著看。究竟是什麼樣的大自然的鬼斧神工呢，曲線和凹陷以完美的方式結合、儘管不完美卻形成了「て」的輪廓。圓潤飽滿的觸感，有種訴說著「一直試著拚命努力到現在」的可愛。怎麼會有人可以捨棄它呢。我把小石頭放進長褲的口袋，帶回房間裡。

如果小石頭長得像星星或是花朵，大概也只會覺得可愛而已吧。那些是同樣誕生於大自然的同類。可是，人類所創造的文字，與大自然的事物秘密相通。我被那神秘所依附。是不是我偶然發現了原本不該被任何人知道的眼神交流呢。那種誇大的想法束縛著我。

在那之後，散步的途中，只要發現長得像文字的小石頭就會加以收集。無論是如何完美地做出文字的形狀，只要是人工的金屬我完全不感興趣。一定要是自然的石頭。這一點相當重要。

散落在地面的小石頭，樣式多到令人吃驚。只要想到在我的鞋底下竟然潛藏著此等複雜，散步時的每一步都帶著尊敬的聲響。小河的河畔、雜木林的深處、停車門廊的石子路、延伸至觀景台的樓梯、草皮的廣場。有的有稜有角且粗糙、有的乾燥且多餘的部分被除去、有的光滑到不行，根據各種環境，小石頭的個性也不同。它們的形狀之中，一定藏著我們想像不到的深遠含意吧。可惜的是我能識別的，只有斷續的文字而已。

幸運的發現也並非經常地造訪。散步一整天之後，口袋空空而結束的日子，持續好幾個月也不足為奇。但焦急是大忌。只要帶著一半的牽強斷定相似，到了隔天也一定會厭惡自己的妥協，落入必須去把它放回原處的陷阱。那又是一趟漫長的路程。

算我拜託您，無論如何請答應不會笑我。年輕的時候，我曾經想過要寫小說。如果能寫出小說的話該有多好呢。坐在桌子前面、手握著筆，試著引導出文章理所當然的連結，抱膝蹲坐在半夜的黑暗中的自己。等待著佇立在故事世界裡的登場人物動起來的自己。為了讓因書寫而疲憊不堪的身體得到休息而散步的自己。好幾次靈光乍現了該有的模樣。實際挑戰了幾次下筆，也完成了有模有樣的紙堆。但其實只要一鬆手就會瞬間四處飛散，不過是薄薄的斷片罷了。被風吹亂、徬徨在空中、在人們沒有注意到的情況下被踐踏的斷片。心情就像是自己被捏成粉碎、切碎一樣。我所實現的，只有散步的自己。

即使如此心裡的某個地方仍然沒有放棄吧。在輾轉從事了幾個工作之後，成為出版社的捆包工人，也終於安定了下來。哪怕只有一點點，也想要待在小說的身旁。雖說是身旁，不過實際的工作地點是建築物的地下室。隔壁是好幾台機械吵個不停的鍋爐室，與做書的地方相距甚遠。工作的十七年裡，踏進編輯部、裝訂室、或是校對室的機會，就連一次也沒有。

我的工作是包裝出版社寄出的物品。說起來雖然簡單，但就如同所有的工作一樣，實際做了才發現出人意料的深奧，即使做了十七年，還是有無法完全到達的地方。物品的種類五花八門。水獺的標本、500號的油畫、肉毒桿菌、義手、珊瑚的擺飾、金魚、神桌、簽名球棒、波斯地毯、冰沙禮盒……。當然書還是最多的，不過就算是書，包裝也不是一件容易的事情。有收藏在博物館的稀少書籍，也有超過千冊的大批出貨。總而言之，太大、太小、融化、破損、扭曲、發臭、死亡……。各式各樣的困難如影隨形。為了克服這些難題，必須瞬間判斷出最適當的包裝材料、繩子的綁法、內容物的排列組合、緩衝材的種類。幾乎所有物品都是急件。當然，不只是安全與確實，節省運費的功夫也不可少。再加上包裝後的外觀是否美麗。關於這一點，我也絕對不妥協。

並非想要自誇，但我總是真心誠意、集中精力處理被交付的工作。哪怕只是一點點的進步，我也不惜地努力。空閒時間裡，我翻閱型錄尋找使用起來更方便且便宜的包裝材料、暗記郵政的收費制度、練習多餘的紙箱的收納方法。為了瞭解如何不產生不必要的空洞，我還曾研究數學相關書籍。

一整天被關在連窗戶也沒有的狹小地下室裡，不知道自己手上的物品的寄件者是誰，收件者又是什麼樣的人，不被任何人感謝，只是一味地捆包。到了中午，在作業台的角落吃著自己做的便當，下班鈴聲響起後回到公寓，把放不進便當裡的剩菜吃掉。休假時就讀從圖書館借來以及用員工折扣購買的書。還有散步。

睡不著的夜晚，我經常抄寫您的小說。以小刀仔細削尖的鉛筆、一字一字、把印刷在書本上的文字化作手寫字。您以鉛筆在草稿用、手掌大小的紙片上寫下的文字，最終變成活字而成為書本。我想倒轉時間的進行。只要這麼做，雖然只有一點點，我便能沉浸於身處在您身旁的錯覺。那種感覺，就像是站在散步途中停下腳步，以鉛筆在紙片上書寫的您的身旁，聽著鉛筆在紙上滑過的聲音一樣。

只要抄寫著文字，我的心情也會平靜下來。如果是敬愛的作家的小說，就更是如此。我覺得比起用眼睛閱讀，手寫的時候更能親密地與小說交會。說真的，如果我自己可以寫出小說就再好不過了，不過我非常清楚那是個奢求。這個世界上已經有偉大的小說了，像我這樣的人沒有不知好歹的必要。

直線、曲線、點、圓，儘管只是簡單的符號之間的排列組合，這些文字一個一個有著獨自的形狀，我覺得可愛極了。獨自一個躺在那裡的話，幾乎無法發揮任何功用，但是兩個三個相互靠近、手牽手的話，彷彿就能聽見潛藏在文字背後的某個人的聲音。雖然說，那的確是聲音，但是絕對無法從喉嚨發出來，而總是在沉默之中作響，因此輕易地便超越了傳達意思等不起眼的角色。孤立的碎片集結、誕生出新的形狀。它們也和這裡的圍牆，以及菜園中蝴蝶的卵一樣，圍起世界構築出另一個世界。

我之所以抄寫小說，絕非想要假裝成作家，也不是想要安慰沒有才能的自己。是為了不讓文字與文字、碎片與碎片之間的連結，被某個粗暴的人打散，而用自己的手將它們再次牢牢綁好。

今天感覺也無法找到文字。已經來到小河的最上游，下回就試著穿過雜木林，走到蓄水池的池畔吧。不知道是不是因風吹而聚集，那裡有時會散落著形狀有趣的小石頭。

我從未親眼見過湖泊，因此對於經常出現在您的小說中的湖泊，有著幾分憧憬。儘管被海洋和河川捨棄和遺忘，依然用自己的手擁抱著、守護著水，像是散落在地面上的寶石。大概是那種印象。相形之下，這裡是為了特殊情況使用、人工挖掘出的水池，和您散步時的湖光風情根本無法相比。形狀冷漠，即便慢慢地繞行一周也花不到五分鐘，水也混濁不清。不過，想到比起知名的觀光名勝，您更喜愛隨處可見的無名湖泊的事實，這裡確實是個無名水池。不論無名還是混濁，我的水池還是守著僅有的水。到死為止都無法離開圍牆到外面去的鯽魚和鯉魚，在水裡游著。

我順時鐘走了一圈，再反方向走了一圈。誤以為有飼料吃而靠過來的魚群，查覺到沒有任何東西會從我手中掉落後，不知不覺中身影便消失在混濁的水裡。最先撿到文字的「て」，究竟有沒有什麼意義呢？以靴子的前端踩著步伐的同時，我不禁想著。那個時候好像也是個寒冷的冬日，應該有戴著手套。父親遺留下來的都是些小東西，為什麼在那之中我選了手套當作父親的紀念品，已經想不起來了。沒有任何理由的、一瞬間的行為。不過現在看來，可以說當時還是少年的我，做出了一個明智的選擇吧。戴上手套、感受到溫暖的時候，就能沉浸在好像是從父親的手傳來的錯覺。

目前為止撿到的文字，全部都放進紅茶的空罐中，收在書桌最下面的抽屜裡。萬一被當作沒用的物品丟進垃圾桶裡，那可不行，因此將抽屜上鎖。有時拿出來往裡面看的時候，會被經過的人問「那是什麼」。「小石頭」，我淡淡地呢喃著。我不想被打擾。不知道有沒有聽見，所有人只是用鼻子「哼」了一聲，對於我所發現的偶然，正眼也不瞧一下便走掉了。

搖晃罐子，會發出小小的聲音。斷斷續續且不切實際、單純、不安的聲音。一定是因為尚未收集完全所有文字的關係吧。想化為言語，目前卻只能維持在無聲狀態的空洞，在微暗的罐子裡發抖。

「一次也好，真想收到被包裝成這樣的禮物呢。」

只有一個人曾經稱讚過我的包裝，那是錯將外送的咖啡送到這裡的咖啡店老闆。

「我想應該是走廊左轉後前方的守衛室。」

「哎呀，真是不好意思。」

一點也不在意壺裡的咖啡冷掉，她充滿好奇地看著剛剛完成捆包作業的工作桌。應該是要還給某個藝廊的寫真集和底片。也可能是海報或是畫冊的校樣，總而言之，不是什麼特殊的物品才對。

「只看一眼就能感受到那份用心。」

她說。臉上的表情就像是為了新生兒所準備的聖誕禮物或是為了向心愛的人求婚的信物一樣。

從此以後，大約一個禮拜或十天左右一次，我會在下班回家的路上，到她位在公司旁的咖啡店裡喝東西。那是間只有吧檯和兩張桌子，雖然很小卻讓人感到舒服的店。帶有甜味的炒蛋三明治是這裡的人氣餐點。她每天穿著黑色罩衫和黑色喇叭裙、黑色褲襪，將燙成波浪的豐厚頭髮綁成一束，化著強調眼睛的妝容。大概比我年長十歲左右吧。

店裡因為常客而熱鬧，我儘量選擇不會打擾到他們的座位，點一杯紅茶，之後便一個人靜靜地喝著。雖然她曾經顧慮到我而找我聊天，但終究我還是表現出一副不用理我的態度，也許因此被誤會成難搞的客人了吧。不過我只要坐在吧檯，看著她沖泡咖啡、摺疊紙巾、切吐司邊時手的動作，就十分滿足了。只要看著她工作的樣子，便可以瞭解她是如何地用心對待咖啡豆、紙巾和吐司。當我回神時，口中不禁呢喃著「和我捆包物品的時候一樣」。如果是這種人稱讚我的工作，那麼百分之百不會錯。不曉得從哪裡來的自信湧上心頭，自己都快要覺得不好意思了。

有一次受她委託，協助包裝送給常客、祝賀開店的禮品。咖啡店的公休日，將禮品（如果沒記錯的話是指甲剪）、包裝紙和緞帶展開在廚房內部的空間，兩個人分工作業。由於是只要伸手去拿剪刀，身體就會碰觸到的狹小房間，和平常工作的地下室簡直是天壤之別，除了將注意力集中在眼前的作業外，沒有其他方法能讓心情保持平靜。

她表現出和在店裡接待客人時相同的開朗氛圍，因為我的沉默，反倒跟我說了很多話。常客的家務事、開店的辛苦、出版社員工的八卦、故鄉的回憶等等。雖然全是些無關痛癢的話題，但我沒有聽漏隱藏在些微言語中的情報。我瞭解到她沒有孩子要送聖誕節禮物或是想要向她求婚的對象。

五十七個指甲剪包裝得相當漂亮。四個角帶有些許圓潤、包裝紙因為手的碰觸而產生溫度、緞帶以可愛到讓人忍不住想要解開的方式綁上。無論是誰從老闆手上拿到，臉上都一定會浮現出微笑吧。

「找你幫忙真是太好了。」

她向我道謝了好幾次，或許是覺得那樣還不夠吧，再請我吃了炒蛋三明治。

如果要送她禮物的話……。為了不讓蛋掉出來，我一邊謹慎地吃著三明治，一邊想著。關於重點的禮物完全沒有任何概念，但心中卻能清楚浮現正在包裝禮物的自己的模樣。不管內容物是什麼，我所能做的，只有將以包裝築起的微小圍牆送給她而已。那是個即使不看內容物、也能讓她感受到圍牆裡有著只為了她而存在的特別的世界的禮物。

但是，將禮物送給她的機會，終究沒有到來。兩個人包裝完禮物後不久，我就因為生病而來到了這裡。

繞著蓄水池走了兩圈之後，這次走到雜木林盡頭的洞窟去看看吧。雖然它只不過是位於落葉松的根部，由碎裂的岩石所形成的山崖凹陷，但我習慣稱呼它為自己的專屬洞窟。雖然空間只有一個人蜷曲坐下就填滿的大小，但當寒冷的黑暗籠罩全身，以光線鑲邊的外面的景色便會縮小，會有種來到了預料之外的遙遠地方的心情。坐在粗糙的岩石之間，樹林裡的聲響便會咻地一聲遠離。比起坐在日照良好的長椅上，這裡輕鬆多了。

「我會寫信給你的。」

離別時她說道。

「我也會……」

我回答。光是那樣已用盡我所有的力氣。

不曉得是不是飄進來的雨水沒有完全蒸發，裡頭的岩石總是潮濕，讓黑暗更加地濃厚。為了不弄濕手套，兩隻手抱著膝蓋，並將眼睛半閉。曾經有一次忍不住打起了瞌睡，就連日落也沒察覺，最後被來找我的職員叫醒。明明是自己的專屬洞窟，為什麼會被發現，我感到非常地不可思議。

我也曾經在這裡找到一個文字。不知道為什麼從岩石表面剝落的小石頭，而且也是潮濕的。無論我用毛衣的袖口如何擦拭，都擦不掉滲進石頭裡面的水。

出現在您小說中的事物，除了湖泊之外，另一個讓我憧憬的，就是失業者的書寫室。寫上信封的收件者、抄寫論文、製作履歷表等，失業者藉由書寫工作獲取一日報酬的房間……。多麼具有魅力的地方啊。只要翻到書寫室出現那一行的那一頁，和散步途中看到美麗的無名湖泊時一樣，就會雀躍不已。

這裡，是我的書寫室。我是負責抄寫您的小說的書寫人員。將身體潛入洞窟裡時，我總是那樣想像著。我做的是否有比您期望的更多呢。在一不注意的話，就算被誤認為紙屑也不奇怪的小紙上，用像是羞於被人閱讀一樣的小字寫下的您的故事，如果是我的話應該可以正確地抄寫。我很習慣獨自一人的手工作業，在洞窟這圍牆中的圍牆裡，充滿著和書寫室相同的沉默。更何況，我是散步同盟會的會員。

她沒有寫信來。一定是忘了自己曾經說過的話吧。搞不好她成為死者的話，就能在心中盡情享受聊天的樂趣了，對於有著如此思慮欠周的想法的自己，也曾感到慌亂。

我要寫給她的信，內容我已經想好了。可是，小石頭一直沒有收集齊全。要到何時才能找到所有小石頭，把想說的話傳達給她，我也不曉得。紅茶的鑵子裡，全是被捨棄和遺忘的、言語的碎片。

光影在不知不覺中變化，黃昏好像已近在眼前。馬上就是點名的時間了。回房間去吧。萬一錯過了吃藥時間，因此被禁止散步的話就不好了。不，要真的是這樣的話，我只要一整天讀您的小說就好。那樣做的話就和散步一樣了。

今天也沒有找到小石頭。雖然有些遺憾，散步到此結束。

那麼，再見了。

羅伯特・瓦爾澤
Robert Otto Walser（1878-1956）

生於瑞士比爾。從事著律師事務所的專員、發明家的助手、銀行的實習生、達姆布勞城（Dambrau）的傭員等各種職業，同時發表著散文小品和小說。一生喜愛散步，總是從散步者的角度觀察著世界。作家生涯的晚年，在裁切成手掌大小的紙張上，以鉛筆寫下幾乎無法辨識的微小文字進行創作。50歲時住進精神療養機構。聖誕節的早晨，被人發現於散步途中倒臥在雪地上且已經死亡。

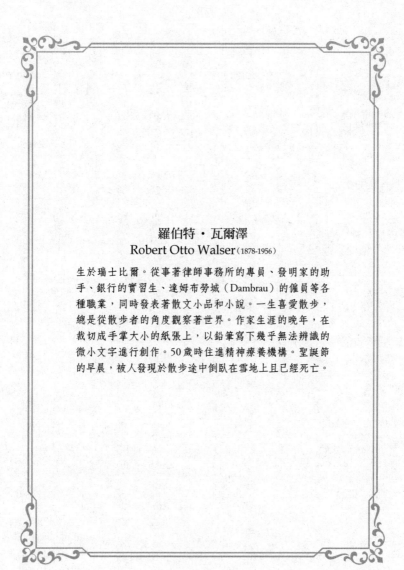

第 3 話

蝸牛的婚禮

The Snail's Wedding
In the memory of Patricia Highsmith

應該是八歲或九歲的時候吧。我一心只想找到同伴。被選為由某個偉大人物所擬定的計畫的執行者、被賦予就連本人也不明白的任務的同時，不曉得要如何認定彼此、獨自承受著保守秘密的沉重的同伴們……。總而言之，腦中全是孤島、航海、遇難船和密告。

第一個讓我發現同伴的存在的是交響樂團。演奏的音樂是交響曲、歌謠曲、安魂曲，還是國歌都不重要。吸引我的，是以指揮者為中心聚集成扇形的幾十個人，各自以手中的樂器演奏同一首曲目，也就是交響樂團的形式。

父親經常收看週末晚上電視上轉播的古典音樂演奏會的直播節目。不過，與其說是看，由於父親通常到那個時候都是喝醉的狀態，邋遢地橫躺在沙發上，和半睡著沒有什麼兩樣。可是每當音樂突然澎湃，或是相反地當第一樂章結束、瞬間的寂靜造訪時，父親便會啪地一聲睜開眼睛，一個人呢喃著「只要有巴哈在人生就安心了」、「雖然我很討厭動不動就哭的傢伙，但舒曼例外」等讓人摸不著頭緒的話。

父親直到過世前都沒有去聽過演奏會，也沒有訂購過音樂雜誌，不要說立體音響了，就連卡帶式收音機都沒有。因為父親深信把錢花在興趣上是一種罪惡。假設，就算買到了被歌頌為本世紀最精彩的演奏會的門票，就算那是巴哈好了，在演奏到一半的時候，心裡也會浮現用那筆錢可以為兩個孩子做這個那個的想法，哪裡是品嚐幸福的時候。喝著啤酒、打著盹，不用在意任何人地聽著電視裡的音樂，父親那樣子就滿足了，我想。

因此，我第一次看到交響樂團，也是透過電視的畫面。雖然除了指揮者老得可憐之外，曲目和樂團名稱我都不記得了，但回過神時，我的目光早已被那畫面吸引。好像是剛好到了最終的高潮，所有的樂器都發出極限大的聲音。失控的弓在弦上彈跳、鼓被用盡全力地敲打、管樂器演奏者的太陽穴上浮現著血管。指揮者的頭髮糾結、翻動樂譜的手勢慌亂、汗水從下巴滴落。因為激烈的擺動，幾乎只能看到殘影的指揮棒，即便如此仍站在前頭引領著曲子。

隨著畫面切換、各種樂器出現在畫面上，我也離電視越來越近。演奏者們雖然穿著相同的黑色服裝，但如同樂器各有不同、成員也是由各種類型的人所構成。性別、年齡、體型、髮型、瞳孔、皮膚、頭髮的顏色都不一樣。當然，所有樂器都相當具有個性，這一點無庸置疑。小號的光輝、雙簧管的精密、法國號的曲線、短笛的質樸。無論哪一種都討人喜歡且漂亮。有的被抱在雙手雙腳中間、有的有著讓人不知如何是好的龐大身軀、還有的被完美地收進鎖骨的凹陷裡。

話雖如此，他們像是在一根指揮棒的前端進行眼神交會一樣，朝著同一個方向，好像能觸摸到彼此一樣地貼近，融為一體演奏著同一首曲子。吹奏出不同的音色和旋律，同時各自調和，再將制定於樂譜上的模樣描繪在空中。沒有任何一個任性的人。現在人在哪裡、要朝著哪裡前進、自己面前的空氣是以什麼樣的形式在振動，他們全都知道。指揮者的動作變得激烈。他沒有半點遲疑。正因為完全相信眼前的所有人都會正確地完成自己的份內工作，因此即便所剩無幾的白髮黏在額頭上也能毫不在意，帶著那種陶醉的表情揮舞著棒子。

可是，我發現了。在這之中有一個人、和我相同種類的人，也就是同伴，混在其中。

我們出身於同一座島。那是個離世界上任何地點都非常遙遠的孤島，從隨著光線強弱顏色炫目變幻的海面，綠意覆蓋的台地露出了高尚的輪廓。無論是誰看到，都會認為那是神所留下的某種重要的印記，正是那樣的島。

我和那個人，都是以遠不可及的世界為目標而出航，卻在航海途中遭遇暴風雨，船隻遇難而漂流到不是原來的目的地的地點。你是交響樂團，而我是這個家，如此這般的錯誤場所。

不過，認為是錯誤的只有當事者本人，其實那個場所正是同伴必須完成任務，而從一開始就被指定的地點。無論待起來多麼不舒服，無論受到何種迫害。

克服遇難的恐怖後，你為了不破壞指定場所的和諧而努力。打從一開始就沒有在演奏，卻一直演得比任何人都還像。會不會一個不小心發出令人不可置信的聲音，把值得在電視上現場轉播的演奏會給搞砸呢。我的內心顫抖不已。或者更恐怖的是，被旁邊的人發現根本沒有發出聲音，向指揮者密告「這個人太狡猾了」。交響樂團的每個人耳朵都很靈光。真是那樣的話，究竟會受到什麼樣的質問呢……。連消除航海所帶來的疲憊的時間也沒有，壓制著在心裡泛起漩渦的擔心的種子，只有表情保持著平靜。

最能蒙混過關的樂器是什麼呢。我拉長身子，更加專注在畫面上。小提琴果然還是太危險了。再怎麼說也是最受矚目的樂器，琴弓的動作過於大膽，只要其中一個人和大家不同，馬上就會被注意到。銅鈸和定音鼓等雖然戲份不多，但只有一個人的樂器先不談，那麼單簧管如何呢。多數時間低著頭、手指的動作也不算華麗。不，也許聲音應該再更低會比較好。低音號呢？體積雖然大，但被趕到角落、缺乏存在感，演奏的音階也傳不進耳朵裡。

我盯著出現在電視上的每一個人。眼睛眨得劇烈的人、嘴唇乾裂的人、領結歪掉的人。雖然有可疑的人，但畫面切換得太快，找不到關鍵的證據。一切都會沒事喔。不要害怕。只有我，你可以放心地打暗號。只要一點點眼神，我想一定能馬上感應到的。帶著為同一個故鄉的夥伴打氣、撫慰彼此的孤獨的心情，我對著某個混在交響樂團裡的人說道。

「要睡就上床去睡。電視，我關掉了喔。真是浪費。」

母親一邊做著家庭代工一邊說道。母親對於古典音樂完全沒有興趣。晚上的時間，對於母親來說重要的是編織附近鄰居委託的毛衣和背心。母親是以無論多麼複雜的設計，都能比任何人更快速且正確地完成的編織者受到好評，且引以為傲。母親的編織棒沒有停過，按照指定的記號操縱著毛線。簡直就和指揮棒一樣。

「不、不、不。」

父親慌張地起身，在沙發上重新坐好。

「現在開始才是最精采的地方。先讓你覺得已經平安無事地結束，然後降A大調馬上加以否定……」

父親又喃喃說著沒有人能理解的話。「要是感冒了我可不管喔」母親用一貫的台詞回話。聽話的弟弟早就上床了。

沒有任何人察覺到我在交響樂團裡發現的重大事件。也正因為如此，我才能醉心於只屬於自己的秘密。再不快一點音樂就要結束了。從孤島出發去航海的勇者。在被指派的場所拚命隱藏身分的賢者。為了找出同伴，不能漏看任何細微的徵兆，我持續地探索。

當時，我們家最大的娛樂，就是到國際機場去玩。不是搭飛機去旅行，搭乘的只有前往機場的接駁巴士，然後在展望台和伴手禮店和餐廳裡晃來晃去，度過一整天。弟弟是標準的飛機迷，雖然說這是最大的理由，但比起去遊樂園要來得便宜許多的這一點，也很符合我們家的狀況吧。

「西班牙國家航空、聯合航空、法國航空……」

弟弟攀上展望台扶手的底座，指著停機坪上的飛機，用不太靈光的舌頭列舉出航空公司的名字。波音767、737，空中巴士A320等，有時也說出機型號碼。

「這個孩子，是個天才喔。」

母親稱讚了弟弟。

「還無法完美地說出自己的名字，字也不認得喔。」

然後，弟弟用大舌頭且可愛到不行的發音，說出國泰航空和摩洛哥皇家航空等長長的公司名稱，母親也更加雀躍了。

「吶，為什麼會知道呢？快教教媽媽。」

真是不敢相信自己能生出這麼特別的孩子，母親用這種眼神看著弟弟的側臉。不管一旁興奮的母親，弟弟把臉貼在扶手上，依序處理眼前所見的飛機。就連幾乎不會被人們所注目、隱身於大型飛機之下的貨機的型號也沒有遺漏。雖然我沒有任何方法確認那些號碼是否真的正確，但只要想起那被翻到裝訂的車縫線都脫落的飛機圖鑑，便能確信這個小天才不可能搞錯。

為了不打擾到弟弟，我靜靜地吹著風，為了防止一不小心越過扶手而墜落，父親從後面抓著弟弟的褲子。只將頭部藏在航廈中指定號碼裡的飛機，靜靜地等待著上場。機體在日光下滑溜地發亮、機翼描繪出完全左右對稱的線條、窗戶有秩序地橫向排成一直線。再往前一點，可以看到接近起飛時間的飛機，連在一起地往跑道前進。在地面時它們明明很文靜的，但一旦到了要離開陸地的時候，便會發出巨大的聲音。無論什麼都無法與其抗衡、令人震撼的威力，讓弟弟瞠目、流著口水、發出讚嘆的聲音。那聲音就像是用全身去承受世界的巨大一樣。

這根本是邪門歪道。看著傾斜衝進高空的機體，我喃喃自語。不論要移動去哪裡，搭飛機未免也太過容易了。太亂來了。要是我就搭船。會因暴風雨而遇難那種令人不安的、小小的船。而且還不能自己選擇被拯救的地點……。

我想著孤島的事情。心中浮現了拍打在懸崖上的海浪的白、盤旋在森林上空的海鳥的叫聲、為世界車邊的水平線。因為引擎聲，我的聲音沒有任何人聽見。

「空中巴士A340、波音747、空中巴士A320……」

「在媽媽眼裡看起來這些飛機都長得一樣。」

「聲音不一樣喔。」

「哎呀，真是厲害。意思是不是用外型、而能以聲音來分辨嗎？明明就連一次也沒搭過飛機。這樣的孩子其他地方還找得到嗎。」

母親將弟弟擁入懷中，撫摸他的頭。弟弟絕口不提想要搭搭看飛機之類的。一個月或兩個月一次的展望台就心滿意足了。那種勇敢也讓母親感到驕傲。

弟弟在正確的地點。沒有差錯，在本來應該存在的地點被拯救了。

等到兩個人都心滿意足，父親將弟弟從扶手的底座抱了下來。離開展望台時，我們對著起飛的飛機揮手。

「再見、再見。」

彷彿是在為出發到某個遠方去旅行、再也見不到的重要的人送行一樣地熱情。弟弟向偉大的金屬塊表達敬意、母親和父親細細品味著兒子的天才、我擔心著搭乘那個的人們要是能安全降落在目的地就好了，四個人倚靠著扶手、不停地揮手直到機影消失在雲裡。

說真的，要是學校裡有孤島的同伴就太好了，我不知道這樣想過多少次。要是那樣的話，那麼在游泳課忘記帶泳褲時、藏在桌子深處的營養午餐的培根發出惡臭時、三人一組的舞蹈中一個人被剩下來時，應該會馬上來到我身旁，用意想不到、如同魔法般的方法拯救我才對。當然，如果立場對調的話，我也會那麼做。即使不同班或不同年級、即使是一句話也沒有說過的交情也沒有問題。同伴也不一定就是學生，行政人員、販賣部的阿姨、校車司機也有可能，對吧。無論如何，只要是同伴的話，一定可以互相首肯。因戒心而安靜下來的瞳孔顏色和殘留在頭髮上的海的味道就是記號。

可是在學校裡，找不到任何一個有記號的同伴。說不定、即使抱持著渺小的希望，我的暗號找不到去向、只是在附近徘徊。很遺憾的，電視畫面上出現的交響樂團的人沒有來救我。

某天，看到在職業足球的比賽中有觀眾跑進球場搗亂的新聞時，我察覺原來如此，同伴也有可能混進運動項目裡。足球的話有二十二個人、橄欖球的話則有三十個選手分散在寬闊的場地上，我想即使參雜一個多餘的人好像也沒有什麼問題。當然，那個人穿著正式的制服、運動能力也很強。以了不起的速度自由穿梭在運動場裡。

但是，他絕對背負著不許比主角更加嶄露頭角的宿命。那個人出現的地方，一定是和觀眾目光焦點的球的動向毫無關聯、不會對比賽造成太大影響的角落。假使，有人覺得「咦、奇怪」、或是有人開始數「一個人、兩個人……」，也能用一種好像在又好像不在、恰到好處的存在感，敏捷地從觀眾的視線中離開。

和藉由令人心酸的努力來確保自己住處的他們相比，上新聞的男子的一舉一動還真是下流。這個男子不過是冒牌貨罷了。雖然身上穿著類似制服的衣物，但突然從觀眾席跳下來、和比賽流程毫無關連地到處亂跑、很快地被警衛壓制住。而且肚子左搖右擺、雙腳無力、被架住時難看地從臉開始倒下、受到選手們的大聲失笑。

那麼不要臉的人一定不會是同伴。我們不會因為船的遇難而悲傷哭泣，也不會因為對拯救的差錯而自暴自棄，頂多是默默地謹慎。

春天的第一個禮拜天，我在機場找到了真正的同伴。那天和往常一樣，四個人一起目送出發的飛機，在美食街吃完熱狗之後跟要去購物中心的伴手禮店看飛機模型的弟弟等三個人分開，我一個人在出境大廳閒晃。

比起展望台或是商店，我比較喜歡國際線的出境大廳。只要抬頭看著遙遠的天花板、沐浴在從那裡放射出的照明之下，就能感受到前往遠方旅行的人們的熱情。在櫃台辦理托運的行李箱被輸送帶所搬運，消失在牆壁對面之後，究竟會如何地被對待，又或者是，只有手持護照和機票的人可以通過的國際線登機入口的前方，究竟有著什麼樣的世界，對於自己絕對無法進入的世界，只要這樣那樣的想像，時間一下子就過去了。

出境大廳相當寬敞。排除熱鬧的櫃台和登機入口，出乎意料地，人煙稀少的空間隱藏在各個地方。舉例來說，穿過銀行的匯兌窗口並排的一角，在種植著觀葉植物的圓型花壇繞半圈，沿著牆壁轉彎後的前方。盡頭並排著寫有禮拜室和哺乳室的兩個小房間。他就站在不干擾到門前的牆邊。

花壇的邊緣是長椅，那裡經常坐著數著剛匯兌的錢的人，但轉角的前方有人，我還是第一次看到。不知道是不是因為禮拜和哺乳的組合不平衡，儘管大廳的喧囂迴響著，小房間的前面總是有著大大的空洞。

那個人不是一個人。雖然有三個為了將他包圍而站立著的男人，但我馬上明白對於自己來說重要的是正中央的那個人。這是藉由電視上的交響樂團進行訓練的成果。儘可能不讓人起疑，我裝作若無其事地靠近他們，從男人們的背後安靜地觀察。

首先映入眼簾的，是那個人平舉在胸前、半張報紙大小的玻璃板。三個男人不發一語、手摸著下巴、弓著背、身體傾斜地凝視著玻璃板。而他們的視線前方，有蝸牛在爬。

我並沒有馬上理解到那是蝸牛。我無法預料他們究竟在做什麼，更何況是和機場不搭的生物。蝸牛一共有六隻。大拇指的指尖一般、淺咖啡色的殼、隨處可見的蝸牛。玻璃上明明沒有任何記號，但如同游在指定賽道的游泳選手一樣，六隻蝸牛橫向排成一列筆直地前進。仔細一看，殼上用油性筆寫上了1到6的號碼。黑黑的數字融入了半透明的殼，在天花板的照明下，每一隻都浮現出各自的模樣。

六隻蝸牛的前方、玻璃的邊緣上放著碎蛋殼。雖然覺得用那種東西當作蝸牛的食物有些不可思議，但看到蝸牛心無旁鶩地爬行的模樣，六隻蝸牛在尋求蛋殼的事實再清楚不過。那個人摒住呼吸、手腕出力不讓玻璃板傾斜。男人們依舊不發一語。一片無聲之中，蝸牛在玻璃上留下黏液的痕跡，悠哉地以勤奮的速度持續前進。

「嘖。」

最終有一隻率先抵達了蛋殼。三個人用舌頭發出聲音，連個招呼也沒打就離開了。只剩下那個人和我和蝸牛。

「蛋殼那種東西好吃嗎？」

「是牠們的最愛。」

「也許可以強化背上的殼。」

「一點也沒錯。」

「同樣都是殼。」

「是啊。你的觀察力真好。」

被那個人稱讚讓我心情很好。那個人既像是虛弱的少年，同時也像是發育不完全的老人。看起來皮膚白皙、瘦弱，只不過是撐住一塊玻璃板，也像是費盡心力的樣子。襯衫的釦子一直扣到領口、過長的褲管反摺、戴著鏡框是合成樹脂的圓形眼鏡。額頭往前方突出、指尖皺皺的、臉頰上有著不曉得是酒窩，還是傷痕的凹陷。不過最吸引目光的，是頭上戴的人工皮草帽子。不知道是不是是為了和蝸牛配成一套，帽子的顏色和外型都和蝸牛殼一模一樣。

「嘿，仔細聆聽。」

那個人把食指貼在嘴唇上，將蝸牛靠近一邊的耳朵，好像是要我也這麼做一樣地催促著。

「聽得到嗎？」

感覺到嘴角自然地浮現出微笑，我點了點頭。抵達終點的六隻蝸牛啃著蛋殼的聲音，清楚地傳進我耳裡。無法和起飛的飛機的引擎聲相比，就好像小孩子一步一步踏在雪地上前進一樣，沙沙沙的聲音。這麼小的東西也能發出聲音，我感到非常不可思議。

「正在吃、正在吃。」

「嗯。」

我們一起點頭。人工皮草的帽子碰觸到臉頰，感覺癢癢的。

雖然眼鏡的鏡片太厚，無法看出眼部的表情，但可以看見有著睫毛的影子、深邃的瞳孔顏色。有時，影子會隨著某種拍子震動。如同會將視野所及的東西，靜靜地吸進去一樣的瞳孔。

這個眼睛就是同伴的證據，我想。無論如何凝視著交響樂團或是在學校裡仔細地觀察也沒有回應的暗號，終於在此刻回到了我身邊。

聚集在玻璃板邊緣的蝸牛們，各自向四面八方伸出觸角，專注地啃著抱進身體之下的蛋殼碎片。雖然大廳一成不變地迴響著指引的廣播，但無法干擾到我們。從蝸牛口中發出的聲音，如同禮拜的聲音一樣寂靜、如同嬰兒的哭聲一樣可愛。

「為什麼會在機場養蝸牛呢？」

我問。

「在圓形的花壇裡找到的。」

那個人指著轉角的對面。

「到底是從哪裡混進來的呢。拚命地躲在葉子的背面。」

這個時候我還以為，他讓蝸牛賽跑，藉此逗樂因等待飛機而感到無聊的人們。而留意到或許也有讓客人賭錢，是在經過很長一段時間後，完全地變成大人之後的事情了。當時的我，不過是個連賭博的意思都不知道的小孩子罷了。

「所以你救了它們。」

「出境大廳的花壇沒有食物而且又乾燥，很快就會死掉的。」

「真是個好人。」

「一定要親切地對待小小的生物，死去的祖母經常這麼說。牠越是小，越能帶來大大的好運。」

「比如說什麼樣的好運？」

「這個嘛……比如說，受邀參加婚禮之類的。」

「蝸牛的婚禮？」

「對啊。你看，證據就是一開始只有兩隻，後來生了小孩，所以現在變成六隻了。」

「真的耶。」

「那麼，吃飯的時間差不多要結束了。把肚子搞壞就不好了。」

感覺不到其他前來觀賞的人。他從1號開始依序將蝸牛捏起來，收進專用的容器裡。從手的動作，我發現蝸牛的殼比我想像的還要脆弱。容器是將一整顆高麗菜挖空後製作而成的。像是剛剛才從市場買來，有著新鮮氣味的高麗菜。

六隻蝸牛全在高麗菜的內側安定下來，呈現明顯比在玻璃板上爬行時輕鬆的氛圍，大家將觸角軟趴趴地垂下，全力伸展從殼裡冒出來的身體或是將頭埋進菜葉的縫隙裡。可以感受到大家都很喜歡那個容器。半透明的身體和淺黃綠色的高麗菜非常相配。

「可以讓我再看一下嗎？」

我問。

「沒問題喔。請吧，想看多久都可以。」

同伴說。

已經不需要展望台了。一到機場，聽著背後傳來的母親的叮嚀「不可以跑太遠喔」，我急忙前往目的地。那個人總是在轉角的盡頭。玻璃板和高麗菜的容器、放有最低限度的行李的布包擱在腳邊，襯衫胸前的口袋被蛋殼撐得鼓鼓的，他站在那裡。

有時候正好比賽到一半，也有時候只有他一個人。明明沒有設置招牌，或是發出聲音招攬，但總有不知道從何處而來的客人。不過，人數頂多三、四個人，零零星星的感覺。是不是一開始就訂好那樣的規則了呢。無論他，還是客人都沒有多餘的話，只以眼神進行溝通。他們一定也是想聽蝸牛唰唰的聲音，我擅自下了結論。比賽的勝負相當單純明快。每當領先的那一隻抵達蛋殼時，客人們便會在一瞬間散去。

如果是從遠處看他的人，一定會認為他是為了作禮拜，而正在沉澱心情、信仰堅定的朝聖者，或是正在等待孫子喝飽、忍耐力高的老人。他的身體被蝸牛營造出的空氣包圍，影子像是披著頭紗一樣，比其他人要來得朦朧。

和演奏樂器、鍛鍊身體並自由奔馳在球場上的同伴們一樣，為了在被指定的拯救地點生存下去，選擇蝸牛是相當明智的決定。蝸牛很成熟穩重。不喜歡用華麗的裝飾和叫聲來突顯自己，或是讓周圍的人大吃一驚，反而是只要找到一片葉子，便會馬上藏身到它的背面。不僅如此，為了貫徹不打擾到任何人的信念，終其一生都背著自己專用的小房間。但牠們絕不愚笨。趁著人們鬆懈、將目光移開的空檔，謹慎地活動著觸角，並且在不知不覺中移動到必要的地點。由於證據只有透明的黏液，茫然的人根本不會注意到，在自己沒有看見的時候，牠們做了些什麼。

牠們就是像這樣混進機場的。頭上背著不是為了旅客、機場職員、觀光客，而是為了自己的殼。

面對著電視畫面裡的交響樂團，

「如果因演奏不會發出聲音的樂器而感到疲憊或孤單的話，你也可以試著去機場。目標是圓形花壇盡頭的轉角喔。同伴就在那裡。」

我說。在學校裡遇到不開心的事情時，

「嗯，無所謂的。這個禮拜天就要去機場了。」

就會這麼說來鼓勵自己。

比賽期間，我拜託他讓我從玻璃板的底下觀看。因為只要蜷曲身體蹲坐在那裡，就能看見平常看不到的蝸牛的另一面，也能出乎意料地往他的雙腳旁邊靠近。

平常我喜歡窺視蝸牛害羞地躲藏的模樣。雖然裝出普通生物的外表，但他們隱藏著什麼樣的纖細的能力，我很清楚。身體不是黏答答的、單純的雷根糖，而是根據被細分的部位而形成的精密機械。各個部位產生動力，再將其合理地同步來前進。嘴巴是八字形，上面有像鋸子一樣的細細的鋸齒。大的和小的，兩組觸角同心協力來躲避危險，並且測量與終點之間的距離。沙粒大小的孔洞、密集的瘤、百褶形狀的波浪、纖毛、管。小小的身體上匯集著各種形狀。

像是對著飛機叫喊的弟弟一樣、忍不住想要發出讚嘆的聲音，我拚命地克制著。不過，對著蝸牛們究竟要說什麼才好，一句話也浮現不出來。不需要任何言語和協助，完美的牠們，只是一心一意地在玻璃板上爬行。

由於他的集中力，玻璃板總是保持著水平。像是檢測水平情況的測量儀一樣，頭頂上的帽子也一直保持著筆直。

「不可以有一絲傾斜，導致六隻之間產生了不公平。」

他平等地珍惜從1號到6號的所有蝸牛。手掌因玻璃邊緣深入而變紅、隨處可見的割傷、指甲裡因黏液、高麗菜和蛋殼混合而成的東西堵塞而泛黑。

他的腳很細，看起來非常瘦弱。掩飾突出的膝蓋的長褲被磨破，到處是褪色，褲管的反摺之中堆積著灰塵。和帽子一樣，鞋子的皮革也是人造的。儘管如此，作為朝著各自的地點的蝸牛的基礎，他以那雙腳拚命地踩住地板。

我思考著他從孤島出海，漂流到這裡之間過程的艱辛。對於他明明沒有像蝸牛一樣地受到照顧，卻能不怨恨任何人，現在還能珍惜著六隻蝸牛的寬大，我感到相當尊敬。

「嘖。」

又聽到熟悉的、用舌頭發出的聲音。

「那麼，請好好休息。」

看著眼前的雙腳，我用比蝸牛的腳步聲還要小的聲音說道。

「稍微放鬆一點也沒關係的。」

取代撫摸他的雙腳安慰他，我抱住自己的雙膝。

「就算是被密告也無所謂。因為有同伴在這裡。」

不過，直到最後一隻蝸牛抵達終點為止，他都沒有鬆懈、動也不動地在那裡。

「蝸牛的婚禮，是什麼樣子的？」

我問。

「就很普通啊。有新娘，有新郎。」

兩隻手抱著高麗菜的容器，他回答。

「有餐點嗎？」

「嗯，當然啊。被邀請的話，會盛裝打扮出席。」

我們並排靠在牆上，等待著下一批客人的到來。禮拜室和哺乳室的門一直是關上的。

「也拿到伴手禮了喔。」

「拿到什麼？」

「這個，蝸牛帽。」

眼鏡的鏡片深處，他將視線往自己的頭上看去。

「果然沒錯。我也在想是不是這樣。」

那頂帽子一如往常地將髮際線和兩耳上面整個蓋住。突然間，有點想摸摸看那頂帽子，但想到蝸牛的殼相當地脆弱，便將已經要伸出去的手給收了回來。

六隻蝸牛自由地穿梭在高麗菜的內部。明明才剛剛結束比賽，像蛋殼一樣白的糞便卻已到處地散落。有著鋸齒狀刀痕、被貫穿的容器，被黏液所覆蓋，看起來閃閃發亮。高麗菜和黏液混合後的味道，總覺得有點像是大海的氣味。

在天花板迴響的廣播，說了好幾個我沒聽過的地點。我們靠著的牆壁背後，有數不清的腳步聲通過。弟弟現在應該還在展望台授與飛機正確的名字，將它們一架一架引導至正確的地點才對。

「啊。」

我指著容器。不知道是2號和5號、還是3號和6號，總之，有兩隻蝸牛面向彼此、身體互相纏繞。八支觸角往不同的方向扭轉、已經分不清楚到底哪一支是誰的，頭部的輪廓融合在一起，黏膜像是成了黏著劑，沒有前進、也沒有後退，靜靜地合而為一。

「交配。」

他說。

「什麼是交配？」

「就是婚禮喔。」

他一邊說，一邊將容器抱到胸前。

我們一起窺視著容器，為了使神聖的儀式不被任何人打擾，我們摒住呼吸守護著。現在，有幾萬人正在機場來來往往，但祝福著兩隻蝸牛的，只有我和同伴兩人而已。

我正在完成我的任務。這就是我被賦予的任務。

雖然此時的我還不明白，我不是被特別選上的勇者或是賢人，但是關於任務的話，我已能十分地確信。此時的我，再過一陣子就滿九歲，還是十歲了。

派翠西亞・海史密斯
Patricia Highsmith（1921-1995）

生於美國德州沃斯堡。作家。代表作有《火車怪客》、《天才雷普利》、《雙面的一月》（*The Two Faces of January*）、《雷普利遊戲》，和以Claire Morgan之名發表的《鹽的代價》（*The Price of Salt*）等。喜愛動物、特別偏愛蝸牛，在自宅進行繁殖，數量高達300隻。移居至法國時，因為活蝸牛禁止攜帶入境，因此將6至10隻的蝸牛藏在左右兩側的乳房下，無數次往返於兩國之間。

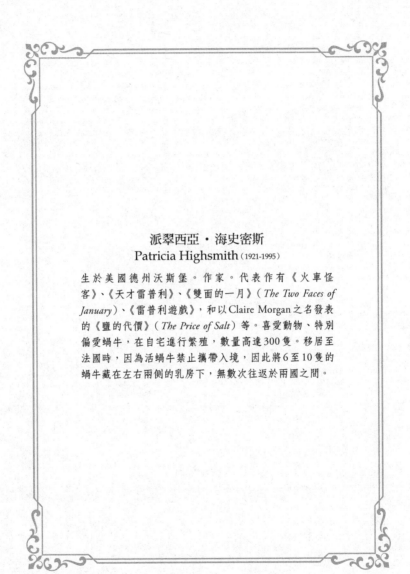

第 4 話

臨時實驗助手

Temporary Work as Experiment Assistants
Inspired by Stanley Milgram's "the lost-letter technique"

走這裡到劇場應該會比較近，心中這麼想而正走在橫貫中央公園的楊樹步道上時，妳迎面而來。在照耀了一整天的太陽終於開始減弱、光影顏色產生變化的黃昏，四周洋溢著假日的喧囂。妳的雙手提著塞得鼓鼓的、變形的大紙袋，看起來有些苦惱，一步一步地靠近。身上穿著和初夏的陽光不搭的苔綠色連身洋裝。

那時我正要解答出42減去19的答案。意識到想要那樣做的瞬間，腦袋就擅自動了起來。可是呼吸隨著越來越大的腳步聲變得急促，心中蠢蠢欲動，即便是小學生也應該會的減法不知道為什麼也混亂了。無論重來幾次，都只浮現出錯誤的數字。

「23。」

終於想出答案的瞬間，好像是在等待那個時間點一樣，妳抬起頭，將視線朝向這裡。從妳的瞳孔反射出的光的顏色，我知道那個答案沒有錯。妳將雙手的紙袋放到地面，用微笑打招呼。過長的珍珠項鍊在下垂的胸部下方擺盪。

二十三年前的夏天，我們曾是最強的雙人組合。當時，在心理學研究室招募的十幾名臨時實驗助手之中，沒有人像我們一樣能正確地理解教授的意圖，付出超過工讀薪水的勞力。雖然是被招募廣告上「任何人都能輕易完成的簡單工作」的文案吸引而應徵的，卻沒料到如此勞費心力，因此感到厭煩、馬虎行事的助手不在少數，而我們卻貫徹了誠實。即使背地裡被說是過分老實，我們也不在意。

事實上，用言語來說明的話相當地單純。兩人一組，將貼好郵票及寫好收件地址的大量信件，悄悄地放置在所負責的區域的各處。就像是某個人要投入郵筒前不小心掉了的感覺，同時為了不讓同一個人撿到複數信件而起疑，每一封信件之間都留有充分的間隔。就只是那樣的工作。

「拿去，這些，是你的。你的，是這些。」

大學的會議室裡，研究所學生隨意地、陸陸續續地兩人結為一組。他拉起我和妳的手，完全是個偶然。對於十九歲的小女生來說，妳看起來完全是個成熟的大人。心想著如同是年紀相近的學生就會輕鬆許多的我，難免覺得有些失望，但妳似乎不太關心對方是什麼樣的人。呈現出比起那些事情現在才更重要的氛圍，拚命地讀著拿到的說明書。

信封上被打上各式各樣的收件者。有支持特定政黨的政治團體，也有主張種族歧視的祕密結社。不只是合唱、染色、社交舞等無傷大雅的興趣的團體，還有蔬菜的原種、滅絕動物、歷史建築物、傳統工藝……各種事物的守護協會以及希臘神話、稅制、食品添加物、橋樑補強等的研究協會。營業據點、機關、協會、委員會、事務局。舉例起來沒完沒了。當然在那之中，也有不痛不癢、極其普通的個人姓名。不過收件地址全部都一樣，都是實驗室借來的郵政信箱。

平凡無奇的白色信封的觸感，現在依然記得很清楚。帶有一絲絲的乾爽、一接觸陽光立刻就變得溫暖、膠水溢出的封口呈現波浪的形狀。妳手中的白色反射日光，看來甚至有些刺眼。

除了好像會計算有多少信件回到郵政信箱之外，沒有被告知詳細的研究內容，亂撒信件的這種行為，在心理學上能帶來什麼樣的發展，助手們完全不知道。儘管如此我很清楚，在我和妳、兩個人負責的地區所取得的數據，一定能成為論文的重要骨幹。原因是，因為妳將寫著不存在於這個世界上的收件者的虛假信件混入某個間隙裡，才能將它變身成為尋找去向而驚慌失措、真正的孤獨的信件。

我們彼此都不知道該用什麼方式驚訝，腦中一片空白、一陣子動彈不得。拿有點害羞、有點無奈的心情沒辦法，扭扭捏捏。歸巢的鳥群在頭上交錯飛翔、使樹林變得喧鬧。終於妳沒有辦法再忍受、把手伸了過來、撫摸肩膀和手臂、躊躇地握住指尖。意想不到的冰冷觸感。

「妳住在這附近嗎?」

我問。

「對。就住在那裡的公寓……」

妳往曖昧的方向指著。

「現在還是在做和菓子嗎？」

「對。」

妳低著頭。

我深刻地感受到，和減法的答案相比、已經過了更久的時間。草率地長到肩膀的白髮沒有光澤、手錶的錶帶陷入浮腫的手腕、門牙泛黃。微微顫抖的聲音，被周圍的喧鬧所干擾，有時聽得很辛苦。風吹得楊樹的樹枝晃動。從樹間透出的午後陽光，照耀在側臉上。

「公寓的廚房很小的。所以現在，妳看，才會像這樣拿著道具，到學生的家裡上課。」

妳用鞋尖輕輕踢了放在腳邊的紙袋，從袋子裡探頭的不鏽鋼大碗和打泡器碰撞，發出微弱的鏗鏘聲。我發現那絕對是妳以前居住的，那個美好的家的廚房裡的道具。它們和當時一樣，以滴水不漏的嚴謹被整理得非常完美。大碗邊緣的刻印。打泡器的握把的形狀變得和妳的手一樣。這些特徵我不可能看錯的。

我終於發現了妳是優雅的和菓子老師的證據，吐了一口氣。

「只要有委託，哪裡都會去。搭乘公車。路線圖裡沒有一個站牌是我沒去過的。」

妳將視線往上、微笑著。散步的人們，頭也不回地超越我們而去。

那是個足以登上報紙版面的炎熱夏天。早上，我們在研究室領取當天一天份的信件後，馬上到街上進行工作。明明沒有事先商量好，我們經常戴著類似的草帽、穿著棉質的白色連身洋裝，裙襬隨風飄揚地來回穿梭在大街小巷。

為了防止被相同人物撿到的危險，而確保充分的間隔、不將收件者翻到背面、避免容易淋濕或弄髒的場所。注意事項只有那些，剩下的就仰賴助手的智慧了。最重要的是，要讓信件看起來像是自然的失物。

一開始，妳一直沒有放置信件的打算，說真的我有些不耐煩。

「隨便放在那邊不就好了嗎。」

當我指著路樹的根部這麼說時，妳的臉上浮現出令人意想不到的表情，認真地向我抗議。

「這麼明顯的地方，不是反而感覺很刻意嗎。」

太過於醒目也不好，但如果沒有人發現又會失去意義，妳很擅長於掌握這微妙的拿捏。妳往後的人生也應該以「信件實驗」的專門助手的身分做下去才對，我不禁心想。妳目光敏銳地找出了心不在焉的人很容易就錯過，但確實在那裡，只能說在不經意的瞬間裡潛入視線中的間隙、凹陷、暗處、空洞、龜裂。

「妳看。」

只要妳停下腳步、目光凝視、用手指著，那裡一定隱藏著適合信件的空間。

沿著大路前進一個路口，走進東側的叉路，確認了小路後，往西側移動再回到大路上，我們規劃了這麼一條路線。無論在直射的日光下有多麼炎熱，無論看起來非善類的男人們聚集在那裡，我們都堅守著那個規則。有時，在妳判定就是這裡的情況下，我們也會進入建築物裡。途中，因為只讓妳一個人承擔而感到過意不去，「那個，這個地方如何呢」我提出以自己的方式所發現的地點，但總是以太草率了、會被當作垃圾、缺乏趣味性等理由被輕易地否定。既然如此多餘的話再說也沒有用。我儘可能不干擾妳，提著裝有信件的袋子跟在妳的身後，當地點決定好時，立即取出一封信件遞給妳。

冰淇淋架的烤漆剝落的地磚底下。因長得過大的含羞草而傾斜的圍牆與地面之間。圖書館閱覽室裡最裡面的桌子角落。放置在藥局櫃台上角色娃娃的裙子裡。牙科診所候診處的長椅背後。停在路邊的車子的雨刷前端。

好像捨不得離別一樣，妳將信件放下。搞不好，根據實驗的種類，或許有不要回到郵政信箱會比較好的信件也說不定。不過妳卻不會因為收件者不同而有所差別，全部公平地進行處理。

「雖然也許會感到不安，但在這一小段期間，請多加忍耐喔。」

看著將信件放置在微暗處的妳的手指，我覺得好像聽到了那樣的聲音。

妳是教導和菓子作法的義工，剛生完小孩還不到半年的主婦。結婚十四年才第一次懷孕，妳用至今仍然不敢相信的語氣說。從化妝和身上的飾品看來，生活應該過得很不錯，完全看不出來有專程在炎熱的天氣裡，放著小寶寶不管，來從事打工的必要。

「小寶寶不要緊嗎？」

「有婆婆幫我照顧。」

妳回答。

「因為我是高齡產婦，所以覺得不安心吧。從鄉下搬來這裡，住在這附近已經有兩個月左右了。白天一直在一起的話，總覺得有點彆扭……」

原來是那樣啊，我明白了。

「因為被選為助手，有了正大光明外出的藉口，鬆了一口氣呢。」

不過母乳是個問題。關於母乳完全沒有任何知識的我，並不知道除了哺乳的時間以外，動不動就會滲漏出來。第一次發現妳的連身洋裝的胸前，有兩個圓形的暈染在擴散時，還以為是因為在酷熱中行走所導致的身體不適，而有些擔心。

只要胸部感到膨脹，我們就會中斷工作，尋找儘可能荒廢的公共廁所。當妳在洗手台將連身洋裝的前襟打開，擰著從胸罩裡掏出來的乳房將母乳捨棄的期間，我會站在廁所門口把風，不讓任何人接近。母乳比我想像中更強力的噴出。從乳頭的前端、非常小的點，瞄準洗手台的磁磚，乳白色的細線們完美地描繪出一直線的軌跡。母乳從磁磚反彈、飛沫濺到地上，弄髒了妳的涼鞋。

雖然知道一直盯著看很失禮，卻無論如何也無法將目光從妳身上移開。妳用腰骨頂住洗手台的邊緣，微微地彎下腰，背上壟罩著陰涼的黑暗。連身洋裝的鈕扣打開至肚臍，襯衣和胸罩繩結隨便地解開，露出了光滑的鎖骨。雖然穿著打扮變得邋遢，但出人意料地，身材曲線保持著優雅的平衡，就連動作也很優美。

其中最為特別的是乳房。從內衣的蕾絲跑出來的乳房，看起來像是因為害怕而顫抖。從肌膚裡透出來、緥緊的藍黑色血管，更加突顯出乳房的白皙。在陰暗的公共廁所裡，光線彷彿只照射在那大膽的白色上頭一樣。妳的手指一直深深地覆蓋在乳房上。乳房隨著手指的指令變形、配合妳的節奏、不停地噴出母乳。

我祈禱著不會有人來打擾。後頸的短毛髮貼在汗水淋漓的妳的脖子上。彷彿有股溫暖且微甜的氣味從洗手台的底部冒出，但也有可能只是錯覺。

「好了，這樣就可以了。」

妳用歡快的語調說道。母乳的流量明明沒有絲毫減弱，結束的信號到底是從何而來的呢。是乳頭的感覺，還是彈力的變化，我覺得非常地不可思議。即便是擠出了那麼多的母乳，乳房依然維持著手掌無法掌握的大小。

只要重新展開工作，妳就能立即回到原先的狀態。需要被分發的信件還剩下很多。來吧、沒有時間花費心力在這種事情上，妳呈現著這樣的狀態。乳房乖乖地收在內衣裡、所有的鈕扣都扣上、瀏海梳理整齊，除了胸口的暈染以外，直到剛剛為止的秘密已經完全找不到任何痕跡了。

妳說母乳會因為反射動作而分泌，因此行走時會避開嬰兒。哭啼的聲音尤其危險，只要看見嬰兒車迎面而來，裡頭的嬰兒正在鬧脾氣的話，妳會馬上別過頭、把草帽的帽簷往下摺、摀住耳朵。還有像是嬰兒的海報、嬰兒服專賣店、雜貨店櫥窗裡陳列的奶粉罐等許多需要注意的東西。妳找尋著放置信件的地點，另一方面我則將精力用於接收母乳的危險信號。盡可能地提早發現，輕拍妳的背提醒妳注意。我終於找到了合適自己的角色，心情十分愉快。

「妳看、那裡，小心一點。」

只要我伸手一指，妳馬上將目光向下，兩個人靠緊身體迴避危險。

「妳看、這裡。」

只要妳伸手一指，兩個人會一起停下腳步，盯著有小人躲在裡面也不奇怪的空洞看上好一陣子，對著彼此點頭。

妳放置信件。為了不打擾到小人，妳小心翼翼地讓信件滑落至空洞的深處。彷彿安撫它、讓它感到安心似地，妳用殘留著母乳氣味的手，輕撫收件者的名字。

「妳也是，住在這附近嗎？」

被如此問道。我搖了搖頭。不知道要接什麼話而內心混亂、沉默持續了好一陣子。某個遠方傳來了報時的鐘聲。

「都長這麼大的……」

妳將想要再次觸碰我而伸出的手收了回去，取而代之捏著珍珠項鍊、將項鍊纏繞在手指上。紙袋依舊無力的躺在地面上。

「我啊，已經完全跟不上時代了，沒想到現在居然還有人想學習自古以來的家庭的和菓子。」

「一定是那樣的吧。我也覺得。」

「即使沒有特別宣傳，不知怎麼地也還過得去。」

「因為那些和菓子真的非常美味啊。我記得很清楚。」

「是啊，我也都沒有忘記。兩個人曾經一起工作呢。」

「是的。」

「那個時候……」

妳突然停頓了一下、將手從珍珠上移開、注視著我。

「那個時候，沒有回來的信件最後如何了呢。」

想要讀出妳眼裡的表情，但光線不夠充足。

「我想都沒想過。」

我回答。

「是嗎？我隨時都在想。想著還沒有被任何人發現、動也不動地躲藏的信件。」

太陽逐漸下沉。午後的陽光不知不覺中失去了顏色、散步道完全被樹群的影子覆蓋、樹林深處正佈滿了黑暗。我將手伸進裙子的口袋裡，確認門票是否還在，同時看著從樹梢間微微透出的劇場屋頂。

「又或者，會想著撿到信件且特地將它寄出的人。不知道自己正在左右科學實驗的數據，只是體現小小善意的某個人，現在我仍會回想。」

妳沒有打算移開視線。沉默再度降臨。

「今天，我要教學生的是……」

妳終於無法忍受沉默、開口說道。

「巴伐利亞奶油（bavarois）喔。」

我在心中默念著那個和菓子的名字，不成聲地脫口而出。妳微笑著。紙袋裡還可以聽見打泡器和大碗碰撞的聲音。

在合約期間還只剩下一些日子時，當我得知因為婆婆突然回家，妳必須中途辭掉工作時，竟意外地感到依依不捨、同時對於這樣的自己感到困惑。那時秋天即將到來、夏天正要離去。

和其他人兩人一組後，我更加了解到妳所找出的放置地點是多麼地有魅力、我們之間的配合是多麼地絕妙。和妳以外的人一起時，信件實驗的助手充其量只是個走到疲累的無聊工作。無論是誰，腦子裡都只想著如何早點結束信件的分發。途中，每當從公共廁所的旁邊經過，總是無法過而不入而偷偷地往裡面看，不過想當然洗手台前只是瀰漫著空蕩蕩的黑暗。

最後一天，妳給了我寫有地址的便條紙，對我說一定要來拜訪。那是人如其名的美麗字跡。找到那間房子一點也不困難。住起來相當舒適的住宅區中瀰漫那間房子有種特別吸引目光的氛圍。沒有豪華的裝飾瀰漫也沒有奇特的設計，甚至可以說它那過於簡潔的存在，反而有種壓倒性的威風凜凜。不用確認門牌號碼、就有種那一定是妳的家沒有錯的預感。而我的預感也的確沒有錯。

外型像是由四方型的箱子堆疊而成的兩層樓房子，以玄關為正中央，大門、窗戶、屋頂、導水管等全都呈現完全地左右對稱。牆壁是白色的，窗框的黃綠色和雨遮的影子在上面描繪出直線的模樣。比如說，忘了收拾的鏟子、盤成漩渦狀的水管、依靠在牆邊的自行車等，找不到任何一樣破壞左右對稱的東西。而與建築物相同，庭院也適用於這個嚴密的準則。草坪彷彿是五分鐘前才剛整理過一樣、修剪的很整齊，配置於東側和西側的花壇，不僅是大小，連花的種類和顏色、高度和密度也都是對稱的。

走在通往玄關的石子路上時，草坪的綠色反射日光、令人目眩。讓我心跳加速的，是因為要見到妳、還是擔心踏到石頭外而傷到草坪，連自己也分不清楚了。

我們一直待在廚房。不需要去客廳或是陽台或是臥房。只有廚房是妳的歸屬。那裡空間寬敞、日照充足，不知何處而來的風吹拂著，十分涼快。因為是和菓子的老師，滿分的廚房可說是理所當然，所以無論整頓的如何地完美無瑕，我也不會感到意外。

不知道是不是給和菓子教室的學生用的。面向庭院的落地窗前有安樂椅，我們坐在那裡一邊喝茶一邊聊天。我說了當天繞行的地區的樣子、信件的收件人、搭檔的不負責任，妳說了和菓子的作法、烤箱的性能、婆婆的壞話。兩個人都和擔任助手的時候一樣、穿著白色棉質的連身洋裝。妳胸口上的暈染已被清洗乾淨了。

「寶寶在哪裡呢？」

家裡很安靜，感受不到有人的氣息。

「在二樓睡午覺。」

妳指著頭頂上方。我們抬頭望著天花板、豎起耳朵。

「完全不會哭鬧呢。」

「是啊。非常地聽話呢。」

廚房裡沒有任何一樣可以讓人聯想到嬰兒的物品。

如此完美的廚房所做出的和菓子究竟會有多麼美味呢，但相反地，我始終無法相信這裡是製作出食物的場所。我實在難以想像這裡開設和菓子教室、蛋白滴落到大理石的調理台上、麵粉飛散到地板上、滿室的學生們說話的聲音在天花板迴響的模樣。流理臺的每個角落都是乾燥的、抽油煙機上一點油垢都沒有、冰箱和烤箱和洗碗機都被完美地收納在事先規劃好的空間裡。整體以純白色統一，當中水龍頭的銀色和瓦斯爐的黑色，散發著冷冽的光輝。雖然收納櫃全部是關上的，但是不用看也知道，裡面一定整理得有條不紊。

沒有任何例外。這是個連稱不上失敗的恍神也無法被原諒的廚房。

「那個信封，裡面放了些什麼呢。」

看著廚房的各個角落、我問了很久以前就十分在意的問題。

「當然是信啊。」

妳放鬆地靠坐在安樂椅上、眺望著庭院。

「寫了些什麼呢。」

「那個嘛，一定是和實驗有關的某些事情吧。」

「沒有想過打開其中一封、看看裡面的內容嗎？」

「那是違反工作職責的喔。說明書上確實寫有注意事項。」

「可是有時候，總覺得快要被那樣的慾望給打敗。面對眼前數量龐大的信件，任誰都會……」

「不行。偷看是不對的。」

妳搖頭。可以看見糾結在後頸的短毛髮。

和家中一樣安靜的庭院，保持著同樣的左右對稱。寬闊的草坪是水平的綠色湖泊。就連小鳥好像也懂得這個庭院的法則似的，沒有試圖飛到草坪上。

安樂椅的皮革柔軟，只要稍微動一下，身體就會馬上往妳的方向傾倒。在吹口氣便能觸及的身旁，在比放置信件的瞬間還要更近的距離，乳房就在那裡。心想說不定還殘留著當時的氣味，我試圖不被發現地、深深地吸了一口氣。

妳撫摸我土氣且汗水淋漓的頭髮。原來頭髮這種東西，是為了讓某人撫摸而存在的，那個時候的我像是第一次懂得。雖然我早就知道，既然能包住那個乳房、妳的手指應該很長，但由頭髮傳來的觸感卻更具震撼力。指尖和頭髮摩擦的聲音，完全地覆蓋了我的鼓膜。

我是不是也應該做出些什麼回應呢。奇怪的想法令我焦急。妳的手在我的頭髮上，我的手要在妳的什麼地方，兩個人才能連成一個圓。我如此想著，為了找尋妳的那個地方、膽怯地伸出了手。

「啊。」

那個時候，妳發出短短的一聲。然後，妳將頭髮上的手抽離，以連叫住妳的機會也沒有的敏捷動作打開了落地窗，沉默地走向庭院。我只是默默地看著跨越草坪的涼鞋，鬆軟地沉入綠意之中。妳撿起了一片像是從某個地方飛舞而來的落葉，將手伸進竹籬的縫隙，把它丟進隔壁的庭院裡。是否還有其他破壞綠色湖面的東西、妳仔細地巡視後，再度回到了我的身邊。

那個時候，從薄暮的遠方，一台車輪被散步道的石子卡住，舉步維艱的嬰兒車迎面而來。嬰兒正在哭泣。握拳的雙手往頭上伸，一邊蠕動因紙尿布而膨脹的屁股，一邊像是感嘆著再也無法忍受，祈求著無論如何請幫助我一樣，發出輕柔的聲音。奶嘴被吐了出來、玩偶被踢飛、被汗水和口水浸溼的臉頰上泛起紅色的斑點。母親沒有抱起來安撫的打算、緊握把手、將嬰兒車不斷地往前推。哭泣聲和石子的聲音相疊、誰也逃不掉地響個沒完完了。

我看著妳的胸口。珍珠項鍊果然還是垂盪著。

「那嬰兒……」

也許是因為在妳旁邊一直縮著肩保持著沉默吧。我的聲音卡住了。抬頭看向天花板時椅墊隨之下沉、彼此的臉頰不經意地碰觸。天花板傳來的氣息震動了空氣，擴散到廚房的各個角落，就這樣穿過窗戶，在草坪的湖面掀起波瀾。嬰兒只是不斷地哭泣。看著看著連身洋裝上的暈染開始擴散、在公共廁所的洗手台聞到的氣味又回來了。

妳站在大理石前，從櫥櫃裡拿出一個大碗，便以和在公共廁所時同樣的步驟解開胸前的鈕扣，挪開胸罩讓乳房露出來。乳房上浮著血管，如同痙攣般的緊繃。右手的手指只是稍微埋進去，母乳便立即怒不可遏般地噴出。我注視著冷冽的大碗，母乳彷彿一枝枝白色的箭不斷地射進去。即使從安樂椅看不見，只要靜心聆聽母乳彈跳的聲音，也能想像出乳白色的點點飛散在仔細打磨的銀色上、一點一滴累積而成的母乳的泡沫。

妳直視著某一個點，打著規律的節拍。母乳接連不斷地流出。一想到那麼大量的液體在身體裡被製造出來，就覺得有點可怕。為什麼明明一直低著頭卻又能知道呢。只要起了風、小鳥起飛、一片樹葉落下，妳便馬上停手，袒著胸走向草坪將它丟到隔壁住家去。無論幾次都不放棄，一再地中斷節拍。乳房在彎腰的同時往下垂。在日光和草坪的綠意映照之下，皮膚顯得更加白皙。那段期間二樓的嬰兒持續地哭泣。

妳測量母乳，放入牛奶鍋中加熱，再加入融化的明膠。然後將蛋打進一個新的大碗裡，加入砂糖打至發泡。動作徐徐卻沒有絲毫的多餘，彷彿重現用心推敲的作法一樣地洗鍊。無論是打開冰箱，從櫥櫃裡取出用具，將蛋殼丟進垃圾桶裡的時候，完全沒有破壞廚房的秩序。

「寶寶沒事吧。」

好幾次我都想這麼說。想要到二樓去看看情況，將腰部從安樂椅上提起。但是每當我想這麼做時，卻因妳醞釀出的秩序的嚴謹而感到害怕，怎麼也無法開口插話。

打泡器輕快地發出喀啦喀啦的聲音，暴露的乳房隨著聲音擺動。明明看起來沒有用什麼力氣，蛋白卻逐漸膨脹，顏色變得和乳房一樣。變得比體溫還要熱的母乳，冒出了水蒸氣。只要吸氣，彷彿就像聞到滿溢在妳身體深處的氣味。啪噠啪噠啪噠，蛋白被狂野地混入母乳裡。

妳不發一語。好不容易完成的液體，被倒進圓圈形狀的模具裡。母乳與巴伐利亞奶油恰好地收在模具的最上緣。嬰兒的哭泣仍舊沒有停止的跡象。

「寶寶好嗎。」

目送著遠去的嬰兒車，我問道。我當然知道早就不是嬰兒了，但因為不知道其他的稱呼方式，所以也沒辦法。

妳躊躇地搖頭。無法區別那究竟是同意、還是否定，我找不到接下來應該問什麼。

「那麼，應該如何……」

妳呢喃。

「因為沒辦法生活在一起。分隔兩地……」

那個時候我才留意到，妳的孩子是男孩還是女孩，我竟然一直都不知道。

日落西山，人影稀疏，長椅、飲水場、從樹梢間露臉的劇場屋頂，都正在逐漸地消失。風停了，楊樹的樹枝像是黏貼在天空中一樣、融化在黑暗裡。更高一點的地方，不知何時已出現了星星。明明知道不可能弄丟，我仍將手再次伸進口袋裡、摸了摸門票。

「不如，找個地方喝茶吧。」

改變了語調，妳用著這是個好主意的語氣說道。

「畢竟是難得的機會。」

「學生的課不會趕不上嗎。」

「嗯，不要緊的，遲到一下子而已。」

「喂。」

「老師是我的話，沒有緊張的必要阿。」

「雖然是這麼說沒錯……」

我祈禱妳會因為妳的情況而主動打消念頭。

「不要喝茶好了，喝酒如何？」

妳完全沒有退讓的意思、臉上閃耀著靈光一現。

「沒錯。那樣很好。先在這附近喝一杯，再找間安靜的餐廳。吃些美味的料理。

我有想到一間不錯的。不會太遠、所以不用擔心。走路大概二十分鐘喔。這樣子的慶祝，應該還不至於得到報應吧。畢竟是如此美好的偶然」

妳拿起紙袋，準備跨出步伐。打泡器和大碗和各種道具發出吵鬧的鏗鏘聲。

「對不起。」

我輕輕握著妳的手腕說。

「我現在正要去劇場。去看芭蕾。」

可是妳的臉上依舊微笑著、東張西望地尋找餐廳的方向。

「開演時間快到了。不去不行了。真的很不好意思。沒辦法好好聊聊。請原諒我。萬事小心。請多保重。」

在得到回應前，我迅速地離開現場，留下妳一個人。

不是無論如何都要觀賞的演出。說穿了，不就是朋友臨時有急事而讓給我的門票嗎。耳邊立刻響起了自己走在石子路上的腳步聲。幫妳拿紙袋、送妳到公車站牌，最起碼也應該能做到這種親切才是。不對……。為了打消自己的聲音，我加快了腳步。呼吸越來越痛苦。還是應該停下腳步、揮手送上最後的暗號呢……。

壓抑著不斷浮現的想法，不知不覺中錯過了停下來的機會。感覺到背後有紙袋的聲音靠近，更加害怕回頭。可是真正靠近的，說不定是嬰兒的哭泣聲。

再次造訪時，看見庭院裡散落著許多枯葉時，我便明白妳已經不在這裡了。草坪上的草長短不一、花壇裡的花朵枯萎、大門上纏繞著鎖。我將手伸向了鎖，往裡頭看去，但那裡只有一片寂靜。

定睛望去，從窗簾被取下的窗戶，依稀可以看見廚房。除了安樂椅消失了以外，我想沒有其他改變之處。彷彿只要打開櫥櫃，無論打泡器還是大碗、量杯還是雞蛋、圓圈形狀的模具等，所有需要的東西都好好地被收著。大理石的調理台好像隨時準備好接受巴伐利亞奶油一樣，保持著冷冷的水平。

妳從冰箱裡拿出凝固的巴伐利亞奶油，用兩手小心地捧著，將模具倒放在調理台上。巴伐利亞奶油一直不肯出來。即使如此，妳也沒有因為不耐煩而拍打底部或是用刀子插入縫隙等多餘的處置。我們屏住呼吸，靜靜地等待那一刻的到來。

如果一直維持著這個狀態會怎麼樣呢。突然間產生了如此的疑問。或者，巴伐利亞奶油承受不了本身的重量，像髒污一樣在調理台上破碎的話，光是想像就讓我感到恐懼、胸悶、同時陶醉。

兩個人的視線交會在同一點上。不可以錯過任何徵兆，我緊緊盯著。內心祈禱著在這種重要時刻，樹葉千萬不要飄落。

下一個瞬間，巴伐利亞奶油從模具脫落，像是深深地嘆氣一樣，顫抖著出現。沒有任何一處缺角、帶著母乳的香氣。形狀完美的巴伐利亞奶油。

回家路上，我到曾經一起工作的地區繞了一下，確認妳放置的信件後來如何了。妳所發現的地點我全都記得。有不知道被誰撿走、消失了蹤影的信件，也有原封不動留在那裡的信件。我充分明白這是違反規定的，但還是忍不住拿起其中一封，放進口袋裡帶回家。收件人是誰我忘了，但那一點也不重要。我只感覺到那封信件上，記錄著妳和我、兩個人的秘密，沒有把它寄出、一直留在身邊。遵守著妳的指示，我從未拆封過。

放置信件調查法
Stanley Milgram's "the lost-letter technique"

以服從實驗和小世界效應（Small World）為人熟知的社會心理學家斯坦利．米爾格拉姆（1933-1984）所發想的實驗。1963年首次在康乃狄克州的紐哈芬市以及之後進行的多次實驗，證實了對於特定組織或主題的評價的調查是有效的。米爾格拉姆雖然承認這個方法有其極限，但曾在受訪時表示「為了測量社會的態度而在街上到處灑信件的做法，不覺得其實還蠻詩意的嗎」。

第 5 話

測量

The Surveying
In the memory of Glenn Herbert Gould

「1、2、3、4……」

當祖父數到10，我會在手上的筆記本畫上一條直線。祖父會將一根火柴棒，從上衣右側口袋移動至左側口袋。

「……7、8、9、10。」

回到1再數到10，再畫上一條直線。左側口袋裡的火柴棒增加為兩根。

「1、2、3、4……」

只有第五條是貫穿四條直線正中央的橫線。祖父繼續反覆地由1數到10。形狀像是柵欄的許多個50連在一起，口袋逐漸地膨脹。我盡可能元氣飽滿地、輕快地畫上定期造訪的第五條橫線。以那種方式為只有兩個人進行的單純作業增添細微節奏的同時，我們確實地前進著，我對自己說。

「1、2、3。那個，走了幾步？」

祖父突然停下了腳步。

「440再加上3步。」

視線落在筆記本上，我回答。祖父將手伸進左側口袋，用指尖數著火柴棒。四十四根，一定要有，我在心中呢喃。明明即使兩個人的計算出現差異，也不會怎麼樣，但不知為何總是那樣祈禱著。我擔心只要少了一根，或是多了出來，會不會就成為某種無法挽回的事態的預兆。

「那麼，繼續。」

祖父微微地點頭，將火柴棒全部移到右側、清空左側口袋後，朝著新的方向，再次邁開步伐。火柴棒是不是真的有四十四根，除了祖父的指尖、沒有任何人知道。

也許是因為活得太久，祖父的眼睛已經看不見了。不是逐漸地惡化，而是某個早上醒來，四周就成了一片黑暗。

那個早上，橫躺在床上的祖父，為了想辦法將以食指和拇指捏住的兩張眼皮拉開而苦惱。因為硬拉過頭導致眼白翻出了一半，淡粉紅色的毛細血管的網狀模樣顯露出來。

「不知道為什麼眼皮睜不開。」

祖父歪著脖子說。

「是嗎？」

已經開到不能再開了喔，吞下這句話，我跪在床邊。

「恩。」

雖然祖父以不可思議到極點的模樣和眼皮纏鬥，不過最終好像明白了，一片漆黑不是眼皮的錯，而是視力的問題。

「是嗎，眼睛早已經完全睜開了阿。」

與其說眼睛看不見的驚恐，語氣聽起來更像是自己的誤解被闡明而感到放鬆。眼白安全地回到了原本的位置。

失明後的生活並沒有產生太大的不自由。祖父在家中四處走動，計算著各個地方的步數，並且要我記錄下來。除了沿著客廳和廚房和寢室的四面牆行走，還有衣帽架和鞋櫃和玄關窗、刮鬍組和淋浴間的水龍頭、點心專用櫃和瓦斯爐的開關、收著貓飼料的抽屜和日光室的凸窗、收音機和沙發上最柔軟的靠枕、書寫桌上祖母的照片和床上的枕頭……。將所有想到的點與點之間相連、測量其間的距離。測量不只侷限於屋內，庭園也包含在內。雖然算不上特別寬闊、也說不上整理得很好，不過那裡同樣也四面八方地佈滿應該被測量的線。尤加利、庭園燈、楊梅、供水栓、拱形的木香花、小倉庫、紫玉蘭、曬衣桿、狗屋的殘骸……。

祖父不畏艱辛地持續走著，呢喃著數字。過程中，反倒是陪伴在旁的我覺得疲累。記錄在筆記本上的直線與橫線的柵欄複雜地交錯、接二連三地變成了暗號。可是祖父一次也沒有表現出混亂、馬虎或是失去理智的態度。總是冷靜地，同時掌握由自己雙腳所創造出的軌跡的細節與整體概念。

首先，決定需要的地點。無論是抽屜的把手和水龍頭，都慎重地來回撫摸，等形狀和觸感都記憶在手掌心後，在黑暗的座標的一點上釘上大頭針。然後朝著前方的目標一步一步前進。有時我也會碰觸祖父的肩膀、微調角度。祖父完全遵從我的指示。或許是為了維持更正確的步伐，打直背、頭固定於正前方、刻劃著不慢也不快的固定節奏。腳步聲和步數的呢喃融為一體、如同音樂一樣傳進耳裡。也像是在土裡冬眠的野生動物的心跳，如此寂靜的音樂，我想也許也只有我才能聽見吧。

轉眼間，祖父已將過去眼睛所見的風景轉換成步數，變成自己的東西了。看見祖父數著步數移動、刮鬍子、拿餅乾來吃的模樣，感覺只是將水晶體和視網膜過往的角色，用步行和數字加以取代而已。特別是晚餐過後，正在看書的我，看著身旁坐在固定位置的沙發上、默默抽著煙的祖父的模樣，甚至有些瞬間會忘記失明這件事情。

這種時候，我知道祖父正專心聽著口哨蟲的音樂。那隻蟲住進祖父的腦子裡，是早在眼睛看不見以前、祖母過世不久的時候。

「很會吹口哨的蟲子。」

祖父打從心底感動。

「是什麼樣的形狀？」

還是小孩子的我，心想著如果是和大鍬形蟲一樣帥氣的昆蟲該有多好。

但是根據祖父的說明，應該有著不起眼的外貌沒錯。圓圓腫腫的蛇腹形狀的身體、長滿毛且濕濕黏黏的腳、過長的觸角。薄薄的翅膀。總而言之，牠在腦子的深處迷了路，結果就出不來了。

「從哪裡跑進去的？耳朵？」

「不、不是的。」

祖父撥開耳後僅剩的頭髮，讓我看深咖啡色的疣。

「入口在這裡。平常用這個蓋起來。」

祖父用食指的指腹輕輕地敲了敲疣。它巧妙地隱藏在左耳耳垂的陰影處。表面很粗糙，四周被胎毛環繞，沒有縫隙地附著在皮膚上。

「打開來讓我看看。」

我立刻提出了無理的要求，但祖父用帶著歉意的表情搖了頭。

「難得的口哨蟲，萬一逃走了該怎麼辦呢？人不可貌相，牠可是相當敏捷的。還是小心為上。」

畢竟是代替死去的祖母而來的蟲，應該不想讓牠逃走吧，明白這個道理的我，爽快地放棄了。

雖然連牠的嘴巴究竟在哪裡都搞不清楚，不過口哨蟲能隨心所欲地吹著口哨、演奏出美妙的音樂。用那個小小的身體，讓整個腦子裡迴響著無論多麼一流的演奏家和交響樂團都演奏不出來、層次豐富的音樂。只是為了方便而稱牠為口哨蟲，實際上應該是以更複雜的結構來發出聲音的才對，不過卻想不到任何一種可以拿來比喻的樂器。

「是什麼曲子？」

不管我問幾次，應該很懂音樂的祖父的回答卻總是很模糊。

「好像曾經在哪裡聽過、又好像沒有。也許是很長很長的曲子的其中一段、也許又不是。」

有時候、同樣的旋律無止盡地重複一整天，也有的時候，新的局面接二連三地出現。當中的某個局面，在經過了幾天、幾乎要忘記了的時候，又會以全新的面貌重生。

「爺爺也吹吹看口哨嘛。」

我的提議讓祖父更加地困惑。從滿是皺紋、萎縮的嘴唇裡發出來的，只有斷續的嘆息。

「唯一清楚的是……」

祖父以像是嘆息的延續般的低聲說。

「原來是這樣阿。腦子裡的口哨蟲讓我了解到，自己一直渴望聽到的，原來是這種音樂。」

早上，醒來後的第一件事，心想著今天會是什麼樣的風格呢，然後將意識往耳朵集中。只要幾分鐘，口哨就開始了。可以感受到牠已做好隨時可以開始演奏的準備、潛藏在腦子的凹陷處、靜靜地等待一家之主醒來。中途雖然有休息時間，但無法預測何時到來。明明像是無窮無盡湧出的泉水一樣流暢、卻又在某個拍子上戛然而止。祖父慌張地用手指蓋住疣，不過那裡關得好好的。不久後口哨蟲再次甦醒。不需要擔心。

當然，祖父也曾經想要讓腦子裡消失無聲。但可惜的是，無論是搖頭或是大聲說話，都無法單方面的抵消演奏。與一家之主的意見或外面的世界無關，口哨蟲只依據獨自的規則吹著口哨。

祖父熱愛口哨蟲的音樂，但在極少數希望牠安靜一下的時候，不知道為什麼好像是陷入愧疚的情緒一樣，自己譴責著自己。如此努力地為我演奏著音樂，這抱怨是怎麼一回事。失禮也該有個限度吧。明明應該更加感激才對。因為牠被關在潮濕陰暗、舉步維艱的腦子裡，不害怕孤獨、不求掌聲和報酬、只為了一個人而奉獻……。

「如果我也能聽到就好了。」

我將兩手繞在祖父的脖子上、臉頰貼在耳垂後側，仔細地聆聽。可是除了糾纏的白髮發出的沙沙聲以外，什麼也沒有聽到。口哨蟲的音樂是祖父專屬的。

口哨蟲住進來以後，也就是祖母去世而開始只有兩個人的生活以後，曾經是那麼喜愛的收音機就再也沒有打開過。以前在晚餐後，祖父每次總是等不及三個人在沙發上會合就打開收音機的開關，現在卻像是討厭口哨蟲的音樂以外的聲響，就連我只是用鼻子哼個歌，祖父也會說「那個，不好意思……」來阻止。收音機過去曾經是祖父和祖母的合唱的伴奏、我的搖籃曲，現在卻變成了個普通的黑色盒子。

與祖父的腦子裡相反，家裡總是寂靜無聲。充滿著比失去健談的祖母還要更多的空白。祖父長時間地坐在沙發上、半閉著眼睛。那不是在為了祖母的死去而悲傷。只是專心聆聽著口哨蟲的音樂。還只是個孩子的我這樣告訴自己。我相信只要這樣想，悲傷就會緩和一些。

「小時候，爺爺非常有錢呢。」

當祖父靠在喜愛的抱枕上抽著煙、視線飄往根本看不見的煙的去向、唐突地如此說道時，我警覺到不只是眼睛，終於連記憶也開始出現問題了。

「這樣子喔。」

留意著不要過度關心，我姑且點了點頭。

「去市中心或是絕大多數的地方，都只要經過我們家的土地就可以到了。」

深深地吐了一口煙。

「不只是車站，小學、市場、圖書館都是。」

無論是從祖母或親戚那裡，從來沒有聽過那樣的往事。直到退休為止都在公家機關工作的平凡土木技師，怎麼看都和有錢扯不上邊。

「是喔。」

繼續裝作不感興趣，我翻著看到一半的書。

「啊，還有郵局也是。雖然是要繞一點遠路啦……」

祖父往桌子伸手，以手指探尋香煙和火柴盒和煙灰缸的位置後，點了一根新的香煙。

「曾經是個大地主囉。」

「爺爺的爺爺靠鹽田賺了很多錢。」

「鹽田？」

那還是我第一次聽到。

「對阿，這一帶的海岸，全部都是爺爺的鹽田。」

海岸老早就被填平，連個影子也沒有留下，我所知道的海，不過是橫躺在遠方的細長帶子。

「可是，因為遇到詐欺，全部都被騙走了。」

祖父翹腳，身體往靠墊裡沉得更深。

「那真是太可憐了。」

「恩。」

嘴角浮現說不上是微笑或是懷念或是依戀的表情，祖父再度回到口哨蟲的音樂的世界裡。不久後開始聽到呼呼的鼻息。

有錢人的話題再次出現時，說實在的，我早就忘得差不多了。那就像是打瞌睡時所做的夢一樣的事情，我擅自認定。

「一起去爺爺以前的土地看看吧。」

沒想到祖父是認真的。

「今天禮拜天，不用去大學吧？」

「恩、那個，是這樣沒錯啦。」

「久久去確認一下也不是壞事。」

「所謂的確認，是指什麼？」

「以前的土地，是不是還好好地在那裡。」

「但現在是他人的土地不是嗎？」

「主人是誰並不重要。」

「不過，究竟在哪裡……」

「不用擔心。那一帶，所見之處都是爺爺的土地。別忘了帶鉛筆和筆記本吶。」

祖父打開火柴盒，將內容物全部移動至上衣的右側口袋裡。

「小心為上。」

這樣就準備完成了。

從那天開始，只要一有空，我們就會一起搭乘巴士、走訪過去被歌頌為「無需經過他人的土地就可以到」的榮華之地。當然早已不是鹽田，爺爺的爺爺所收買的土地已完全變了模樣。過往鹽田遍布的沙灘變成了休憩的公園、煮鹽的釜屋和分類場變成了社會住宅、倉庫變成了婚宴會館、員工宿舍變成了保齡球館、公司的建築物變成了商務旅館、菜園和田地變成了市民游泳池、原本的空地則變成了雜居大樓……大致是這樣的狀態。

不過因為眼睛看不見，現在的景色反而不構成任何問題。無論是公園、游泳池和大樓，祖父毫不客氣地走在土地上，數著東西南北、直線橫線和斜線的步數，進行獨自的測量。尋找著過往的痕跡沒有得到回報，卻沒有嘆氣或是失落。自始至終都十分地淡然。一步一步地前進、從口中發出步數的聲音。火柴棒、筆記本的直線橫線配合著一根一根地增加，就只是這樣而已。

「1、2、3、4、5、6、7……」

我們依偎著身體，沿著保齡球場的停車場外圍走著。保齡球館非常破舊、圍籬生鏽、停車場裡只有零星的幾台車子、裂開的柏油路的縫隙裡長著雜草。隨著測量的累積，祖父的步行也越趨穩定。鞋底磨薄的人造皮革的黑色鞋子，正直地保持著一定的步伐和速度。

我右手拿著鉛筆、左手拿著筆記本，保持著彼此的肩膀快要碰到又沒有碰到的邊界上的位置。逐漸加速的心跳和上升的體溫透過肩膀傳了過來。雖然說是如此單純的作業，但還是需要留意不讓加上橫線和翻頁的時間點打亂了節奏。當然，為了突如其來出現的障礙物，也不能疏忽留意前方。

從國道方向的入口往北、走到盡頭往西、通過保齡球場後門旁後往南，我們順利地累積步數。圍籬對面走過的人們，沒有不可思議地看向這裡。要說只是散步的話腳步太過堅苦、看起來也不像來玩保齡球的客人，說真的看起來明明相當地可疑，但所有人都放著我們不管。因此十分幸運地，能盡情沉迷在作業裡。

「1、2。那個，走了幾步？」

「290加上2步。」

我喜歡當祖父詢問時，能夠立即回答的那個瞬間。因為我能確實感受到，我正在給祖父他所需要的東西。兩個人的呼吸配合的剛剛好。停車場依然寂靜無聲、從後門也沒有保齡球瓶彈跳的聲音傳出來的跡象。

「這裡是廚房。隔壁是聊天室。那裡是女性舍監的別屋。」

確認完火柴棒、祖父東指指西指指，以一種不是對著我說話，像是事務上確認般的口吻，呢喃著曾經是員工宿舍的那個地方的建築物配置。

「玄關的兩側有兩棵銀杏樹。內庭中央有大家用來賞月的人造假山。那個角落有女傭跳下去自殺的水井。」

無論指著哪個方向，眼前所見的只有破落的停車場，但是看著光線無法進入的祖父的眼睛，可以了解到祖父正把大頭針插在黑暗的地圖上的正確位置。

「那麼，繼續。」

筆記本上四條直線和一條橫線的記號接二連三地相連。那是以祖父的足跡進行裝飾、包圍過去的柵欄。為了守護祖父的過去，每一根我都儘可能地往地底深深地、筆直地插下去。

「1、2、3、4、5……」

祖父演奏的音樂在耳邊響起。從白髮的縫隙中隱約可見咖啡色的疣。彼此用肩膀感覺著對方，祖父將身體交給口哨蟲的音樂、我則將身體交給腳步聲和步數的音樂。

晚上，我整理了筆記本。雖然祖父並沒有要求我這麼做，不過我依據每一片土地分頁，寫上大概的配置圖和步數。封面的背後貼上住宅地圖，用紅色的鉛筆將鹽田王的土地圈起來。原來從以前的海岸線到市區，有一條連續的紅色地帶。在想得起來的範圍裡的所有土地都測量過一遍之後，又進行了第二輪。不過，所做的事情完全一樣。

「保全很重要。」

祖父說。

「每片土地，安全上看起來都沒有什麼問題就是了。」

我說。

「不，小心為上。」

這是祖父的口頭禪。

「山崩、地裂、倒灌、落石、坍方、土石流。不知道何時會發生什麼事情讓界線變得亂七八糟。」

整理筆記本的時候，祖父有時會在一旁對我訴說鹽田王時期的故事。那時我已深信有錢人的傳說不只是個妄想，而是真實的。因為在需要測量的土地的選擇上沒有矛盾，故事也鮮明且生動。當中我最喜歡的，是埋葬大象的故事。

「某天，動物園裡的一頭大象死了。」

祖父將煙熄了、一隻手放在沙發的椅背上、靠在靠墊上半閉著雙眼。只要講到這個故事，祖父一定會擺出和沉迷在口哨蟲的音樂裡時相同的姿勢。

「那是這個城市養的第一頭，也是唯一一頭的大象。因此那麼龐大的生物究竟要如何埋葬才好，誰也不知道方法。」

沒有戲劇性的語氣，像是閱讀土木技師的報告一樣地冷靜。話雖如此，在音調的深處，流淌著對大象的愛憐。

「屍體無法完全放進動物園裡的焚化爐。也有人主張只要切割屍體就行了。可是，對於長年持續地照顧、只要觸摸鼻子就可以進行各種暗號的交流，甚至一整個晚上陪伴在臥床的母象身旁的飼育員來說，要用鋸子去切割屍體，根本是辦不到的事情。」

祖父的聲音從沾有煙草殘渣的嘴唇裡不斷地流瀉出來。專心地聆聽的話、本應在腦子深處作響的口哨會不會洩漏出來呢，瞬間會產生這種錯覺。每當這種時候我會將目光望向祖父的耳朵背後，但疣的出入口總是關得好好的。

最後，大象決定用埋葬的。而擁有能夠掩埋如此龐大的物體的土地的，當然只有鹽田王。

在鹽田西側的邊緣、沒有時間整理而閒置的空地，被選為埋葬的地點。不只是動物園的職員，鹽田的工人們也跟著一起挖洞。工人們雖然很習慣處理砂地，但大象的屍體究竟需要多深，誰也沒有概念。無論怎麼挖，都伴隨著會不會太小的擔心。「好了，停止。」發出號令的是飼育員。所有人都全身是砂。

屍體用特別的推車被搬運來。將它橫放置洞底時，無論深度還是寬幅都和大象的大小剛剛好，所有人都很滿意。四隻腳收在很自然的位置、鼻子描繪出柔和的曲線、耳朵乖乖地貼在臉頰旁邊，沒有任何侷促的氛圍。就像是在習慣的舒服睡床上休息著一樣。

飼育員丟了一串大象喜歡的香蕉進去。那是熟成地很漂亮、數不清到底有幾根的大串香蕉。剛好落在捲曲的鼻尖上。

「看起來多麼美味啊。」

打從一開始就站在附近的少年，在哀悼大象的死亡的同時、就快要克制不住內心湧現的想要吃香蕉的心情。不行不行。少年搖頭。可以吃香蕉的，只有現在這個場所中，最痛苦的那個。萬一有誰搞不清楚狀況而放進嘴裡，立刻會被眼前巨大的死亡給吞噬。沒錯，少年對著自己說。

為了防止不小心被流浪狗翻出來，在快要腐敗時曝光，慎重起見填回了比挖出來時還要更多的砂。少年不在乎跑進眼裡的砂，以眨眼都會感到可惜的心情，守護著屍體和香蕉逐漸消失的模樣。終於一切都被掩埋。無論如何也無法相信，藏起如此龐大物品的地點就在自己的腳下。最後，鹽田王撒了淨化用的鹽。

短暫的喧囂散去後，人們將被埋葬的大象忘得一乾二淨。有一陣子，只有那裡的地面顏色比較深，有幾個和洞的模樣相同的隆起，不過最終表面變得平整，隨著界線變得曖昧模糊，誰也指不出正確的場所了。除了一個人，少年以外。

只要他到鹽田玩，就會站在和那天同樣的地點。即便沒有記號也能找出正確的位置。一直注視著腳下，不知不覺中彷彿可以感受到地面深處的細語。和大象相比幾乎等同於不存在的小蟲子們一同蠢動，一邊啃食著皮膚、脂肪、肌肉和細胞膜。從四面八方流出的體液滲透進砂裡。香蕉無影無蹤地分解。最後鼻子和樣貌都消失了。頭蓋骨喀喀作響。牙齒像是承受不住似的一顆、一顆掉下來。微生物進行發酵，發出清澈的淡藍色光芒……。聽起來像是這樣的聲音。

無論多麼的平凡無奇、只是塊平坦的砂地，但少年的耳朵不會輕易放過。在一頭大象消失為止間所演奏的音樂，從海潮聲的縫隙裡，一個音都沒有聽漏。

「幾年之後，出現了埋葬大象的鹽田所精製出的鹽，遇熱便會發出藍白色的光的傳言。托許許多多的人實際去嘗試的福，鹽田王又賺了一大筆錢。有人實際看見了那道光，也有人說全是騙人的。也有人害怕地說是大象在作祟。不管怎麼說，大家很快地就對傳言感到厭倦而遺忘了。」

祖父吐了長長的一口氣，將長袍重新綁好，在口哨蟲的目送下進入了夢鄉。

難得積了薄薄的一層雪的日子，測量了休憩的公園。那是個被常綠植物的樹林和溫室以及人工沼澤所圍繞、寬闊的公園。不見人影、覆蓋著一整片沒有任何人踏過的雪。夜裡吹拂的風已停歇，樹木們都很安靜。終於開始從微陰的天空中透射出的晨光，穿過樹梢、照亮積在一片片樹葉上的雪。我們的身體比平常更貼近地走著。

由於雪和寒冷和手套的影響，情況有微妙地不同，但我們很快地就掌握到正確的節奏。吐出來的氣息是白色的，腳步聲和步數的呢喃更加地靜謐。雪為我們證明了測量的準確。兩個人的背後殘留著規律的足跡。為了一邊朝著凍僵的手吹氣，比平常更加仔細地將柵欄連接起來。祖父的鞋子被融雪浸濕、臉頰泛紅龜裂。

「那麼，繼續。」

祖父卻沒有表現出好像很冷的樣子，從廣場到樹林、從沼澤邊到溫室、從長椅到長椅，一邊移動著、同時接二連三地指示需要測量的地點。樹林裡又更冷了，樹蔭下的雪柔軟地覆蓋了突起的樹根、岩石和落葉等全部。在萬籟俱寂之中，只有小鳥們精神抖擻地在枝頭間飛來飛去，打散了雪的碎片。沼澤的水十分混濁、水草長得過於高大以致於看不見底部。

祖父再次回到廣場，在靠近西側的一隅，刻劃下長方形的足跡。

「1、2、3、4。那個，走了幾步？」

「50加上4步」

「1、2、3、4、5、6、7、8。那個，走了幾步？」

「30加上8步」

這裡大概就是埋葬大象的地點吧，我想。想要開口問看看，但是忍住了。和悼念很久以前的巨大死亡相互呼應、踏在雪上的腳步聲十分地安穩。祖父的足跡將一頭大象的死亡從世界剪下，守護著它不被任何人侵犯。

測量結束後祖父在那裡站了一會兒，一直沒有打算回去的意思。不知道從何而來、早晨散步的人們開始出現，毫不在乎地抹去測量的痕跡。做體操的女子、坐在長椅上的老人、四處翻滾的狗。足跡是什麼記號、地面底下沉睡著什麼、通過疣的入口的前方的黑暗裡響著什麼樣的聲音，沒有任何人在意。不知不覺中逐漸變強的晨光，彷彿立刻就能將雪融化一樣。

這樣會感冒的喔，取代了這句話，我將落在祖父肩上的雪拍掉，將圍巾重新圍上。

「不好意思吶。」

祖父說。嗯，我點點頭，面向著太陽、深深地吸了一口氣。只不過，那裡曾經是大海的影子、就連些微的斷片也感受不到。

在沙發的固定位置上，祖父聽著口哨蟲的演奏。持續了五天的高燒明明才剛退燒，卻悠悠地抽著煙。偶爾不住地咳嗽時，就會皺起臉，把手伸向放在旁邊的祖母的靠枕，將手掌心埋進去。可以感覺到祖父的指尖微微地打著節拍，像是發送摩斯電碼、演奏看不見的樂器一樣。已經近十年沒有發出過聲音的收音機，一成不變地被放置在邊桌上。已經無法像小時候一樣摟住祖父的脖子、要賴要求打開疣來看看的我，只是靜靜地看著祖父的指尖。

口哨蟲的演奏持續著。音色在腦的洞窟裡迴響，聽起來像是從無止盡的遠方，比如說埋葬大象的地面的底部傳來的聲響。祖父的心在夜晚與睡眠之間漂蕩。口哨蟲邀請祖父前往洞窟的深處。可是，對於展開在自己眼前的黑暗，究竟是夜晚造成的、還是洞窟造成的，祖父無法辨別。

我將冒著餘燼的煙揉熄在煙灰缸裡、再重新翻了一次筆記本。我用眼睛描繪著圍繞著祖父的記憶的柵欄，同時回想刻劃在雪上的足跡、喚回腳步聲和步數的音樂。

測量開始失控，是在嚴重的咳嗽痊癒、春天終於到來的時候。一開始還不構成問題的些微誤差，在不知不覺中累積，再回過神時已嚴重到無法無視了。

雖然看起來像是恢復了元氣，但感冒或許還沒完全結束吧，只要天氣再好一點應該就會恢復原狀吧。是的，我說服自己，儘可能地將事情輕描淡寫地帶過。可是筆記本上的直線與橫線所顯示的數字，無論以什麼理由去解釋還是矛盾的。

不管是社會住宅還是婚宴會館、商務旅館還是保齡球館，還有休憩的公園，隨著測量的反覆進行，步數也逐漸地減少。如果說體力衰退而使步伐變小的話，步數應該會增加才對。我將注意力比平常更集中在祖父的呢喃、防止出錯而謹慎地畫線、做出柵欄。會不會有哪裡不小心弄錯了，我仔細檢查筆記本的紀錄。可是，當被問到「那個，走了幾步？」時，所產生的答案，明顯地比過去的數字還要少。保齡球場的東西的一邊從292步變成280、268、244步。大象的墓地的長邊從54步變成51步、42步、38步。大致上是這個樣子。

祖父的樣子倒是沒變。無論是對測量的決心、步驟，甚至步伐都和以前相同，也沒有留意到步數減少的跡象。不管口袋裡的火柴棒的數量多麼地少，祖父只是對著我的回答點頭，把它往右往左、往左往右的移動。

在保齡球館的停車場、休憩的公園，我重新環顧四周。當然，不論我重新看幾次，那裡都只有和祖父的腳步聲毫不相干的、空空蕩蕩的停車場以及和平的廣場。測量的同行一點一滴地變得痛苦。

「那裡最近不是才剛測量過嗎？」

我鼓起勇氣說。

「山崩和地裂，發生的機率很低的。」

「不，保全很重要。」

總是相同的回答。

「小心為上。」

不知道是不是錯覺，透過肩膀的傳遞，我感覺祖父的身體瘦了，腳步聲也變得微弱。儘管這樣不好走路，我抓住祖父的手腕、讓彼此的身體緊貼。

「1、2、3、4……」

為了不漏聽呢喃，我將耳朵靠近祖父的嘴角。腳步聲和步數的音樂，彷彿即將消失一樣。

即便我做了微小的抵抗，步數終於還是持續地減少。79步、57步、42步、31

步……。停車場的東西變成15步左右，大象的墓地即使縱橫相加起來也不超過10步。雖然怎麼想都不認為大象能夠橫躺在那麼少的步數範圍裡，但屍體確實埋在那裡。寫在筆記本裡的柵欄變得稀疏、空白的地方變得醒目，要做出連續的範疇也變得辛苦。無論是鹽田、倉庫、公司的建築物，祖父的記憶都逐漸地在縮小。

這個過程不僅發生在極度繁華的土地上，也波及到家裡。衣帽架和鞋櫃和玄關門在3步以內、收音機和靠墊僅有1步、祖母的照片和床的枕頭已經連半步都不到。這個時候的祖父，一整天都坐在沙發上。雖然沙發也逐漸地縮小，祖父卻能將身體完美地滑進去，完全沒有任何感到侷促的樣子。腰部完全沉入靠枕的正中央、長袍如同訂做的一樣舒適地融合。不但沒有侷促，反而全身充滿著安定。

隨著縮小的進行，口哨的聲響變得色彩鮮豔。和筆記本上的一片空白成反比、腦子裡滿滿的都是口哨。

「爺爺。」

如此這般，我靜靜地呼喊。我的聲音無處可去、無可奈何地在周圍飄盪。口哨蟲邀請祖父前往洞窟的深處。我追了上去、試著計算步數，但祖父的腳步聲消失在黑暗裡、已經沒了蹤跡。

祖父的喪禮結束後的隔天，所有來訪的親戚離去後，坐在沙發上發呆一陣子的時候，不知道為什麼將手伸向了視線範圍裡的收音機。為了慶祝終於實現的和祖母的重逢，需要一些音樂。在失去了口哨蟲、腳步聲、步數的音樂之後，剩下來的只有收音機了。

原本就是老舊的機種，加上長年閒置的關係，打開開關後，斷續微弱的雜音聽起來相當地痛苦。我隨便轉了一下轉盤，在一瞬間對上頻率時停下了手。

好像是為了某個知名的音樂家逝世而播放著追悼的節目。雜音像海浪一樣源源不絕地傳來，絕大部分的重點都被抹去而逐漸遠離。試著調整天線，但沒有太大的幫助。

演奏開始了。沒有特別的裝飾、從頭到尾都很平穩，但每一個音都有著由衷的聲響。如同呼吸一樣自然、如同祈禱一樣真切。如果就這樣把自己交出去的話，會將我帶往何方呢，那是個讓心情永無止盡的圓環。

和腳步聲很像。我想。說不定口哨蟲的音樂也是這種感覺。我學祖父半閉著眼睛。被埋葬在腦裡的口哨蟲的身影浮現在眼皮背後。牠還安穩地橫躺在殘留著暖意的腦子的洞穴裡。為了哀悼死亡，我在四周行走、留下足跡，計算著步數。

格連・古爾德
Glenn Herbert Gould（1932-1982）

生於加拿大多倫多市的鋼琴家。以坐在由父親特製、椅腳鋸得非常短的木製折疊椅上，縮著身子演奏而聞名。雖然椅子坐墊在飛機的行李艙裡被踩破、只剩下框架，他卻說那樣子反倒更加完美而持續使用著。32歲時從演奏會活動引退。1977年衛星探測機航海家號上，搭載了其演奏的巴哈《平均律第二冊第一首C大調前奏曲與賦格》的錄音。

「總而言之，這是沒有開始也沒有結束、沒有真正的高潮也沒有真正的解決的音樂、而是如同波特萊爾的戀人們一樣、『在自由自在的風的羽翼上靜靜休息』的音樂。」

（出自「哥德堡變奏曲」出道唱盤中本人的解說）

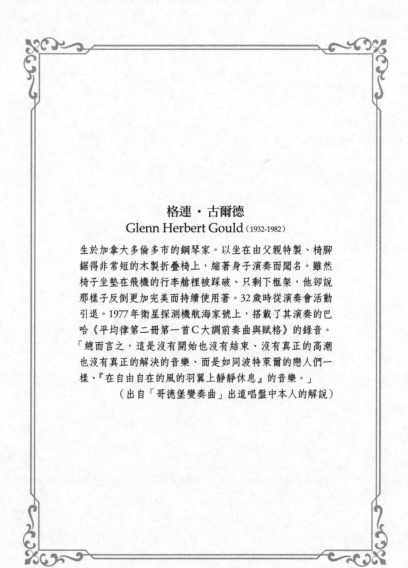

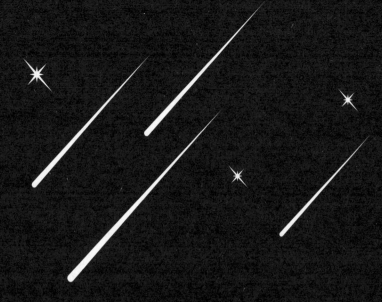

第 6 話

差錯

A Mistake
In the memory of Vivian Maier

好像出了什麼差錯。在指定的日期和時間帶著姪女前往殯儀館，卻被一臉困惑的櫃台人員告知「沒有任何預定喔」。無論請對方重新翻閱幾次記事本，結果都一樣。婚禮的話還可以，但葬禮的預定是有可能變更的嗎。雖然覺得很詭異，但也沒辦法，只好再次搭上巴士前往湖水公園。

「死掉的人呢？」

對於事情的順序和平常不同而感到疑惑的姪女，臉貼在巴士的窗戶上、問了這麼一次。

「沒事，別問了。」

很快地理解了我的回答，在那之後姪女就一直乖乖地。

死掉的人，不知怎麼地就從無法清楚說出葬禮的姪女口中如此說著。像是吃飯、睡覺覺的延續，不曉得從何時開始那樣說。或許是指棺材中的遺體、還是祭壇上的裝飾、搞不好是指和我兩個人外出的這整件事情也說不定。總而言之，那一天的死掉的人，有種潑冷水的感覺。

湖水公園位於向北行駛穿越市區的巴士終點。如同它的名字，是個露營場、專賣淡水魚的餐廳、船屋散佈於湖畔的公園，可以俯瞰湖面的山丘上有好幾間氣派的房子。在殯儀館很聽話地完成工作後，以吃冰淇淋、到湖畔玩耍後再回家當作獎勵，是固定的約定。

湖面非常地寬廣，沒有任何人能夠將整個景色收進視野裡。無論再如何凝視也看不到對岸，遠去的觀光船、漁船、遊艇，回神時已在不知不覺中被水平線吞噬、失去蹤影。

姪女是送行幼兒。在當時，所有人都認為葬禮上無論如何都需要有小孩子。大家相信如果沒有幼兒送行的話，死者無法安全地抵達那個世界，只有不成熟且纖弱的人，才能以眼神示意死者正確的方向。當親族裡沒有適齡的小孩時，送行幼兒便會被出借。

雖然沒有特別指名誰，但不知道為什麼就會出現，彷彿就是為了這件事情而誕生、且得到所有人發自內心認同的孩子，自然而然地完成送行幼兒的工作。不過話雖如此，其實也沒有所謂的任務。被要求的只有在葬禮上列席，僅此而已。

在歷代的送行幼兒裡，姪女特別受到歡迎。不僅懂事乖巧、不膽怯，有時還會展現出純真，穿梭在悲悼的人們之間。不會因為過於興奮而發出怪聲、或是板著一張臭臉。紅紅的臉頰看起來很健康、嘴唇閃閃發光、注視遺體的黑色眼睛總是如此地深邃。

最重要的是，姪女非常適合黑色的衣服。送行幼兒專用的連身洋裝是祖母親手縫製的。圓領、胸前並排著三個裝飾鈕扣，無論是高腰的配布，還是裙襬上蓬鬆的打摺，整件洋裝從頭到腳都是黑色的。每當姪女穿上那件洋裝、用緞帶束起頭髮、配上白色的襪子和漆皮的鞋子出現在殯儀館時，任誰都忍不住想說「真是太可愛了」。當她旋轉環繞時裙襬掀起，襪子的白色就好像另一個生物一樣活潑地舞動。彷彿只有她吹著與其他人種類不同的風。姪女的鞋子所發出的聲響，在殯儀館裡描繪出獨一無二的模樣。而能夠描寫那道軌跡的，只有死者一個人。列席的人們，擔心著眼前這個幼小的孩子是否會肚子餓、是否會想要去廁所、是否會撞到棺材的邊角導致頭部受傷。在那樣想著的短暫時間裡，忘卻了依靠著死者哭泣。

我以前也曾是送行幼兒。不過那個時候的事情幾乎都記不得了。到了能夠讀寫字的時候任務便宣告結束，並交接給下一個孩子。唯一記得的，是吃到了輕食裡蝦子的開胃小點，導致全身起了像正在變成屍體一樣的蕁麻疹。我的皮膚黑、又很瘦小，祖母所做的連身洋裝一點也不適合我。

曾幾何時，帶著姪女四處前往受到委託的葬禮，成為了我的工作。從日期的安排到謝禮的管理，則都由祖母處理。當然，由於委託都是突然而來的，因此必須事先做好萬全的準備。連身洋裝用熨斗燙好、準備好潔白的全新襪子並且攝取維他命和豐富的飲食來預防感冒。等待姪女的時間，我在會場外面看書。市區裡無論哪一間殯儀館，都確保了停車場的路緣石、護欄、巴士站牌的長椅、山毛櫸的樹蔭等適合看書的場所。與書的內容是否有趣無關，有些書籍不可思議地適合送行幼兒的陪同者。我總是備有只有那個時候才會閱讀的書籍清單。

結束任務的姪女，費力地提著裝有作為獎賞的點心袋子，元氣十足地跑了回來。

「今天，是什麼樣的人呢？」

只要我這麼問，姪女就會表現出深思熟慮的樣子、眼神四處張望一會兒後，

「……那個……像這樣……」

姪女說著，並且將兩手交叉在胸前、閉上眼睛。她只要閉上眼睛，就能馬上模仿遺體。

「家裡有個無可挑剔的送行幼兒，我想應該十分安心吧。」

祖母屢屢被委託人稱羨。

「因為可以馬上到那個世界啊。不用擔心會徘徊迷路，或是讓不可見人的模樣曝了光。」

「沒有、沒這回事。這也沒什麼了不起的……」

雖然祖母停下正在縫紉的手、謙虛地搖著頭，但還是隱藏不住那份自傲，忘了正在談論的是自己的死亡而得意地笑著。

湖水公園很安靜，只有偶爾會看見帶著小孩子來玩的本地人。初春時分，雖然越過水平面吹來的風還殘留著些許寒意，但朝露也因此完全被洗去，湖面上映照著藍天。姪女將設置在露營場的廣場裡的遊樂器材玩過一輪後，吃光一整個冰淇淋，黏答答的臉頰上盡是滿足。每當她把臉靠過來，就會聞到香草的味道。

只要想到這個時候，說不定在某個地方的殯儀館，有某個人正在等待著送行幼兒，心情便有些不平靜。這種差錯還是第一次。或許是祖母的耳朵終於開始出現問題了也說不定。

在任務的回程到湖邊走走的習慣，一開始是根據祖母的主意。理由是為了不讓送行幼兒陰錯陽差地被帶到那個世界去，而為了把纏在黑色連身洋裝上面的死者的指紋洗掉，需要大量的水才有效。蓄積著如此大量的水的場所，除了這個湖，別無他處。

我們坐在湖邊的石製長椅上，小歇片刻。姪女抬起屁股、蜷曲著背、一個一個地指著構成長椅的石頭。

「獻石・喜愛湖泊的老婦人。獻石・無名老翁。獻石・心靈純淨的孩童。獻石・自豪的義士。獻石・一個平凡人……」

當我讀出刻在上面的文字時，姪女大聲地笑了。還要、還要，姪女強烈地要求著、繞到長椅背後、蹲下來從底下往裡頭看、一個接著一個地移動著食指。攻下一張長椅後便往旁邊的長椅，然後再往旁邊的長椅移動。

年輕人、奇才、隱者。慈母、詩人、革命鬥士。少爺、鐵人、哲學家。不知道為了什麼，各式各樣的人，為了緬懷各式各樣的人而捐獻石頭。被切割成磚塊的形狀、沒有任何特別之處的灰色石頭。被刻在上面的人們乘著我的聲音、變成一連串有韻律的歌曲、搔著姪女的鼓膜。觸碰著石頭的姪女的指尖、小到讓人擔心這究竟是不是真的手指。所謂小的意思，全部蘊含在圓滑且半透明的指甲裡。姪女用手指演奏著石頭的鍵盤，一直專心聆聽著不認識的人們的歌曲。

到了最後一張長椅時，姪女終於停下了手，浮現出征服了世界上所有人類，並將他們都沉入湖水裡一樣的滿足神情。

「死掉的人呢？」

像是又突然想起事情的順序和平常不同，姪女問了和在巴士裡時相同的問題。

「沒事，別問了。」

聽到我的回答後，這次她開始練習沙包。

湖水逼近我們腳下，到了觸手可及的地方。究竟是和地形有關，亦或是風的影響，雖然和大海比起來收斂許多，但不斷地有水波輕輕地拍打過來。湖中間有數艘遊艇，湖岔的對面浮著一艘觀光船，在水波聲之間，可以聽見飛舞在空中的水鳥的聲音。

我發現到，所有人的心裡默默地想著，搞不好這裡或許根本不是湖。眼前右側的水岸，在描繪出大大的弧線後，開始變得錯綜複雜。然而耐心地用眼睛去追尋，不知不覺間迷失在山丘的樹群裡。左側的水岸相對地單調，緩緩地往前、再往前延伸，先讓人心想一直走下去會不會抵達盡頭而鬆懈，在不意的某個瞬間，將人吸入湖水和天空的交界裡。

無論嘗試幾次都一樣。不管怎麼做兩側的水岸都無法連續。如果說這裡的水，不是填滿封閉的輪廓，而是流向與任何地方都不相連的、遙遠的盡頭的話，如此一來還能好好地抹去死者的指紋嗎。我看著水岸，不禁擔心了起來。

撿了兩顆掉落在水邊的小石頭，第一次玩丟沙包給姪女看時，姪女驚訝地發出了「哇」的聲音。我有種變成魔術師的感覺而心情雀躍，將小石頭拋得更高、將速度加快。現在這個人的手中究竟發生了什麼、怎麼想也不明白，姪女可以說是以這個的狀態，專注地看著小石頭的殘影，試著抓住它卻一直失敗。在姪女終於耐不住焦急、快要開始哭泣的時候，我突然停下了手，姪女的表情也在瞬間轉變了。姪女眨著眼睛，尋找直到剛剛為止都還在眼前的、小石頭所描繪出的曲線。然後再次叫了一聲「哇」。好像是在稱讚這不可思議的事情一樣的、開心的聲音。

姪女似乎認為在某個地方藏有機關，仔細地觀察著小石頭，甚至十分懷疑地來回撫摸我的手掌之後，馬上開始了自己的挑戰。當然無法順利成功。小石頭無精打采地，從離成熟尚遠的手中不停地掉落。

在那之後，只要來到湖水公園，為了找尋誕生自兩個小石頭，沒有連接點的永遠的圓，苦戰持續著。姪女對於丟沙包展現出驚人的集中力和執著。雖然不管重來幾次，都嗅不到成功的氣息，卻默默地重複著同樣的失敗。我偶爾會想，只要這個孩子一天無法用小石頭描繪出一個連續的圓，湖的水岸也無法結合成一體吧。

姪女坐在水波不會到達的臨界點，張開的雙腳之間，確保著許多圓圓的、好握的小石頭。緞帶鬆了，垂下來的頭髮貼在額頭上。

「做給我看。」

有時，姪女會將小石頭塞給我，逼我示範給她看。確認了小石頭的圓就在那裡沒錯，感到放心之後便回到挑戰。

直到剛剛還浮在水面上的觀光船隨著水鳥失去了蹤影，取而代之遊艇的風帆變多了。從橫跨湖岔的橋，可以看見垂著釣魚線的人。時常遇見、眼熟的三個男孩子，在左側岸邊的砂地上，玩著丟接球的遊戲。應該是居住在山丘上的房子裡的孩子吧。脖子上總是掛著方形相機的女性保姆，在一旁看著。

我打開包包、拿出一本我從清單上挑選帶來的文庫本。包包的底部橫躺著那天原本應該讓死者穿上、祖母編織的毛線鞋。這是祖母對於指名姪女的人們所提供的小小服務。

前往那個世界的路上，據說覆蓋著一整面的青苔。由於直到最後的最後替我們送行、最正直的植物，既不是香氣美好的花朵、也不是枝繁葉茂的樹木，而是在潮濕的陰影下悄悄蔓延的青苔，會委託送行幼兒的每個人，為了不傷害到青苔，都會想要柔軟的毛線鞋子。

禮儀公司雖然也會準備專用物品，但手工編織的還是格外特別。祖母不但具備縫製出最適合送行幼兒的連身洋裝的好手藝，同時也是編織毛線鞋的名人。重點在於不是襪子，而是鞋子。祖母編織的鞋子有鞋墊、有鞋帶孔、最重要的是鞋底蘊含了不踏傷青苔的體貼。只要詢問性別、年齡、腳的大小、以及死因，祖母就能編織出完全符合死者的鞋子。

「死亡時水分的循環會停止，腳會浮腫。訣竅就是把它計算進去，編織時稍微加大一至兩個尺寸。」

祖母說。

雖然毛線並沒有什麼特別之處，只是附近的手工藝品店販售的便宜貨，不過一旦祖母將毛線拆開、敏捷地纏繞到手指上、開始用銀色的勾針勾出線圈，不用問也能立即明白，啊，是那種鞋子。無論何時，祖母一個晚上就能編織出一雙鞋子。顏色是固定的，男性是深藍色、女性是淡桃色、小孩子則是黃色。不過，如果是年輕女子的話，便會加上一點點的跟，讓腳背看起來比較漂亮，如果是才剛學會走路的寶寶的話，便會加上飛機或蝴蝶的縫飾，祖母總是不忘根據不同對象加上一點小心思。

只要在枕邊聽著一條毛線從毛線球裡被咻咻地拉出來的聲音，就能比平常睡得更熟。那是祖母的手指和毛線，兩者心靈相通、一心結合成一體的聲音。有點害羞、有點不知所措地，鞋子的樣貌從祖母的手中一點一滴地出現。無論勾針的動作如何地敏捷，鞋子不疾不徐地。領會行走在青苔上時最適合的速度。

「好了……」

祖母收拾編織完的毛線，喀喀作響地扭動脖子後、將手伸進鞋子裡、放鬆針眼好讓鞋子更合腳。

精緻的外型讓人無法相信那原本只是一條毛線，當編織完成時，就好像是魔術師憑空變出的一樣，自然地出現在祖母的手裡。那是沙包所完全無法相比的、不可思議的魔術。

我將與死者走失的鞋子，從包包裡拿了出來。淡桃色、大尺寸的鞋子。腳背高、腳幅很寬、腳後跟豎立至腳踝下方。撫摸鞋底時手掌覺得癢。青苔的觸感或許也是這種感覺。最重要的鞋底部分，以短針和長針的規律組合作出外型、針眼與針眼間蘊含著空氣、吸附祖母手上的油脂保持適度的濕潤。

為了打破征服沙包之路上的瓶頸，姪女四處挖掘沙地、找出新的小石頭，用單手往上丟、確認它是否適合當作沙包。三個男孩子的丟接球遊戲，不知何時變成了遠投比賽，一會兒四處尋找著跑進松樹林裡的球、一會兒因為距離的測量而起了小口角，似乎越來越白熱化的樣子。保姆坐在有點距離的岩地上，心不在焉地看著湖水。除了我們和他們，看不到其他人影。

我試著想像祖母編織的毛線鞋子走在青苔上的模樣。循著送行幼兒指引的方向，深藍色、淡桃色、黃色的鞋子，在被青苔的濃綠埋沒的路上前進著。和被編織的時候一樣，維持著緩慢的速度。青苔緊密地靠在一起，小小的葉子一片一片交疊、填滿縫隙，拚命地試圖阻擋著水。明明沒有陽光的照射，水滴卻微微地發著光。

青苔光滑柔亮，想踏出一步都會猶豫。也會誤以為，搞不好自己是第一個通過這裡的人。青苔在鞋子底下塌陷，形成和腳的形狀相同的凹陷。不過不用擔心。不會發生任何像是莖部折斷或是胞子破裂等嚴重的問題。毛線的每一個針眼會輕柔地擁抱葉梢，再將它輕輕地回歸原處。

毛線的鞋子很輕。塌陷的青苔回復原狀時的柔軟傳來，腳越走越覺得輕盈。青苔和毛線的界線逐漸變得曖昧模糊。有種自己的腳上長出了青苔的錯覺，不禁將目光往下看。鞋子好好地包著腳。忠實地供奉死者直到最後。

「做給我看。」

姪女將提起的裙襬中滿滿的小石頭、一顆一顆交到我手上。滿是沙子的手腫脹又冰冷。

「做給我看。」

確認了每一顆小石頭都可以用來丟沙包後，姪女開始將那些小石頭堆疊在長椅上。雙膝跪地、上半身伸向長椅，首先一顆一顆來回觀察小石頭的形狀，找出最穩定的地方再謹慎地放置。

「很厲害嘛。」

我純屬好玩地插手放置了一顆石頭，姪女便悔恨地撥開我的手，將石堆打散重頭來過。

姪女喜歡祖母用剩下的毛線為她編織小鞋子。會喝奶的娃娃、可換穿衣服的娃娃、用來抱的娃娃、可操控的娃娃，兔子、浣熊、企鵝、河馬的布偶，用積木組成的警察、公主。只要是有腳的玩具，全部都穿著毛線鞋。無論什麼樣的對象，只要有祖母的技術就沒問題。塑膠製的腳、毛茸茸的腳、四方型的腳，都能編織出合適於任何的腳的鞋子。

姪女只要一拿到玩具，便會將原本的鞋子脫掉。在毛線鞋子完成之前，也絕對不會把它拿來玩。就算針眼的數目較少，但和死者用的鞋子相同，一雙鞋還是需要一個晚上的工夫。彷彿換穿上剛剛編織好的鞋子後，玩具才終於變回原本應該有的樣子，而開始拿來玩。

姪女記得所有的玩具身上穿的鞋子是什麼顏色、什麼樣的形狀。我曾有一次惡作劇，將用來抱的娃娃和河馬的鞋子對調，姪女也立即發現，氣得跺腳抗議。直到我換回來為止，姪女都沒有停止哭泣。

「死掉的人。死掉的人。」

不理會頭或背部，姪女只顧著撫摸著腳。姪女抓著娃娃的雙腳，在上下顛倒、胯下看得一清二楚的狀態下，將鞋子的底部貼近自己的臉頰。

「死掉的人。死掉的人。」

姪女那樣呢喃了好幾次，半睜著眼睛。

小石頭的塔在堆了又垮、堆了又垮的反覆之中，基底逐漸地穩固，高度也增加了。每顆小石頭都粗粗的、有點濕濕的。有缺角的尖型石頭、也有純粹的圓型石頭。還有結合灰色和黑色斑點的石頭、藻類附著而散發著奇怪味道的石頭，各式各樣的都有。

這裡。只要姪女在決定的地點上放置一顆石頭，歪曲的空洞便會被填滿，輪廓相互連接，產生新的平衡。握著小石頭的手指，明明還只是個無法稱呼它為手指、未成熟的某種東西，卻能入微地辨別石頭的形狀、找尋出最恰當的位置。不僅能正確地嵌進空洞，還能調整絕妙的力道，讓堆疊起來的石塔不至於崩塌。沒有迷惘和妥協。彷彿是將小石頭嵌進只有姪女看得見的、透明的石塔裡一樣。石塔一個個著實地變高。

陽光柔和地照射在湖面上。在朝向水平線而去的一群遊艇前方，警備艇畫出一道白色線條，橫越過湖面。當那引擎聲遠離後，只聽見少年們興奮的叫聲，以及偶爾魚兒跳出水面的聲音。

曾經有那麼一次，在公園裡的餐廳裡吃了奶油煎魚。沒有魚鱗的肉因融化的奶油顯得黏稠、內臟有青苔的味道。透過油脂所見的橘色斑點和因為蝦子的開胃小點而引起的蕁麻疹很像。我用叉子的前端將魚肉、斑點和內臟全部攪成一團後，放進姪女的嘴裡。

是不是因為陽光太強了呢。湖面明明十分清澈，跳出湖面的魚立即潛入深處而失去蹤影。有時搖曳的水草會因某種強弱映照在波間，但卻無法看見湖底。湖面是漫無邊際的一片平坦。我想起立在公園入口的看板上，寫著最深的地方有281公尺。現在，將眼前完全覆蓋的平坦表面之下，究竟是如何藏進281公尺的世界的，我完全摸不著頭緒。

「妳看。」

姪女發出開朗的聲音。

「快點、快點，妳看。」

姪女拍著手、在原地跳躍。收在連身洋裝打摺處的小石頭已全部不見，裙襬如同海浪拍打、劃著圓圈。石塔在不知不覺中完成了。

它矗立在長椅中央、眺望湖泊的絕佳位置。裝飾頂端的最後一顆石頭，是否從一開始就被姪女決定好扮演那個角色了呢。最顯眼且具有名譽的一點，誇示著美麗的平衡。無論姪女如何踏響地面、湖面吹來什麼樣的強風，石塔都沒有動搖。彷彿是為了讓因差錯而落單的死者知道我們的所在地點的印記。

在巴士的時間到來前，登上了位於半山腰的眺望台。由上往下俯瞰，湖泊的亮度增加了，抵達眺望台時已經變得完全地透明。我們牽著手、站在欄杆邊緣。可以看見釣客排成一列的橋、依舊在中途突然消失的湖岸，以及剛剛完成石塔的長椅。湖面的顏色時刻在變化。藍色、水藍色、綠色成為帶狀，隨著風向重疊，然後又被分開，但每個顏色都澄澈透明。

「那裡。」

姪女指著湖岔的尖端一帶。那是在很久以前沉沒的船的影子。如同橫躺著的動物的骨頭一樣、殘骸映照在水面上。

「那裡。」

姪女接著指向左側的湖岸附近。

「那裡。」

姪女四處發現船隻。我們知道只有在湖水澄澈的季節裡的其中幾天，它們才會在湖面上現身。有用手划的小船、也有漁船。有的四分五裂地散落，有的保持著從前的形狀、一半埋在湖底的沙子裡。魚兒們裝作不認識的樣子、自在地穿梭其中。當水面被風吹起波瀾時，船的影子也會一同搖晃。

「那裡。」

姪女接二連三地把握住搖曳的空檔、影子變得明顯的瞬間，將指尖指向沉沒的船。

「美麗的少女、無名老翁、心靈純淨的孩童……」

配合著姪女的指尖，我呢喃著。

「一個平凡人、年輕人、隱者、慈母、詩人……」

無數的船沉沒。沒能被任何人打撈上岸、也沒有人為其祈禱、被遺棄著只能腐朽的船。

下山後，先前在玩球的三個男孩子坐在長椅上吃著點心。有手掌那麼大，上面有葡萄乾，看起來很好吃的餅乾。在他們腳下，連裝飾頂端的小石頭也亂成一團的石塔的殘骸，和餅乾的碎片一同散落著。

姪女放聲哭泣。那是傳過湖岸、滑過湖面、響徹水平線般的哭聲。三人停下了手，嘴巴周圍還沾有咖啡色的粉末，用一種彷彿被那個聲音迷住的表情，交互比對地看著姪女和殘骸。

很快地，姪女的眼中淚水滿溢、口水流了下來、嘴唇龜裂滲出了血。鬆開的緞帶纏著頭髮，凌亂地垂在背後。從被眼淚和口水和血淋濕的指縫，可以窺見顫抖的舌頭。在殯儀館時如此完美的連身洋裝已完全地疲憊不堪，我才終於了解。打摺崩壞、胸口沾到冰淇淋而黏膩、鞋子上滿是沙子。在不知如何是好而失神的我的眼前，只有崩塌的石塔確切地呈現著一種無法挽回的姿態。

那時突然聽見一個短促且不安的聲音，我回頭看去。一瞬間的時間，我明白了那是快門的聲音。三個男孩子的保姆，透過掛在脖子上的方形相機、弓著背將鏡頭朝向這裡。那是個大小剛好可收進她雙手裡的長方形相機。扭曲的黑色皮繩陷進脖子裡。

「啊。」

某個人短促地叫了一聲。也許是男孩子們之中的其中一人，但也說不定是我自己的聲音。下一秒，拿著相機同時往後退的保姆，由於水的深度使得腳失去平衡，搖晃地跪在地上。

「沒事吧？」

三人馬上放下餅乾、朝她跑了過去。

一直以來只有點頭示意、從來沒有交談過，如今仔細一看，這個女子和身上復古風格的西裝不搭，出乎意料地年輕，身形也比我壯碩許多。

「有沒有受傷？」

「會冷嗎？」

「我身上有手帕。」

男孩子們輪流對著她說話。她的裙子貼在大腿上，膝蓋以下整個濕透了。沒有動搖、沒有慌張，女子只是將相機緊緊地抱在胸前。

女子將鞋帶解開，脫下了皮鞋。湖水從鞋子裡滴落。濕濕的雙腳很白，由於實在過於露骨，和臉上天不怕地不怕的表情相反，她顯露出無助。三個男孩子中的其中一人將附著在她小腿上的水草拿掉，另一個人將皮鞋拿到長椅上，最小的男孩子翻找著褲子口袋裡的手帕。

「如果不嫌棄的話，請用這個。」

我將毛線鞋遞給女子。

「我想，應該會合妳的腳。」

女子不假思索地收下，站著將腳往鞋子裡伸。為了死者而特地加大一兩個尺碼的鞋子，如我預言的一樣，完全符合女子的雙腳。鞋子馬上將湖水吸收，溫柔地包覆著女子的腳背、腳踝和腳底，一切都是那麼地合理。淡桃色的鞋子，為過於復古的西裝添上了輕柔的色彩。彷彿可以伴隨著拍下崩塌的石塔的相機，走到天涯海角。

「請不用客氣。這雙鞋子就送給妳。」

說完後我牽起姪女的手。終於停止哭泣的姪女，用連身洋裝的袖口擦了擦眼淚，用濕潤的雙眼使了個眼神。為了搭乘巴士，我們兩個人離開了湖泊。

薇薇安・邁爾
Vivian Maier（1926-2009）

生於紐約市。大半輩子都在紐約和芝加哥擔任長住於雇主家中的保姆，並拍攝了大量的照片，但生前卻從未公開發表過任何照片。超過10萬張的底片，連被沖洗出來也沒有，就這樣遺留在出租倉庫和置物櫃裡。在拍賣會上偶然買下這些底片的年輕人約翰・馬魯夫（John Maloof）將這些照片公諸於世後，在網路上廣受好評，並舉辦個展、出版攝影集、拍攝紀錄片上映等，獲得極大的迴響。過往曾經受她照顧的孩子們，在訴說愉快的回憶的同時，也暗藏著被丟棄在市區、寶物被淋上氨水、故意說些不入流的話語等扭曲的記憶。不過，當晚年她已無法擔任保姆而流離失所時，向她伸出援手、為她負擔公寓房租的，正是過去的這些孩子。

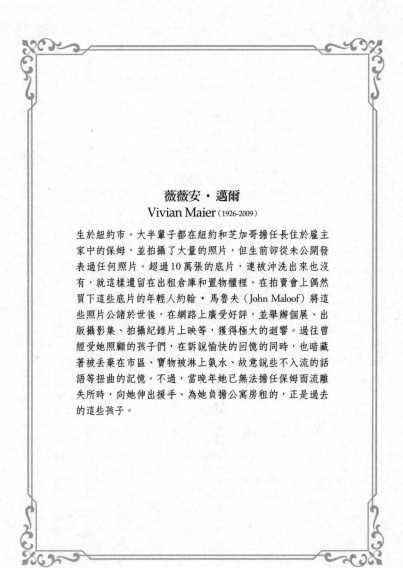

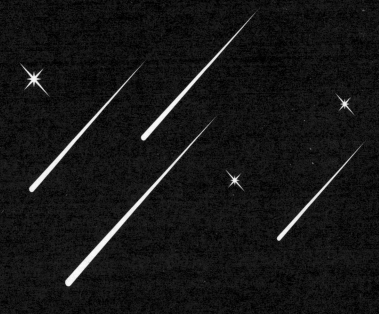

第 7 話

青椒鑲肉和床墊

Stuffed Pimientos and a Mattress
In the memory of the United States Men's National
Volleyball Team for the Barcelona 1992 Olympic Games

夜晚總是不願破曉。無論經過多久時間，窗外依舊模糊一片。是不是定旅館比較好，我開始暗自擔心。但是R卻一副沒事的樣子，將椅子往牆邊移動，將行李塞進盥洗室，總算騰出了空間之後，將向房東借來的床墊攤開在廚房的地板上。

「妳看，就像這樣。」

R說。

「不會太侷促嗎？」

「完全不會。這樣就沒問題了。」

床墊佔據了大部分的地板，有一半左右躲進了餐桌下方。雖然內裡因磨損而變薄，四個角也好像快破掉的樣子，但床單非常乾淨，平整地讓人感到相當舒服。當R橫躺在床墊上時，彷彿正在捉迷藏的孩子似的，從餐桌的桌腳之間只看得見他的臉。

「明天，幾點要上學？」

我問。

「七點半左右吧。九點開始上課，不過在那之前我想在自習室裡讀書。」

「這樣啊。」

「妳儘管睡就好、不必在意我。畢竟時差是很痛苦的。」

R裹上毛毯。

「恩。晚安。」

「晚安了。」

不曉得是不是因為通風扇壞掉的關係，兩個人剛剛吃完的袋裝零食和哈密瓜的味道，還殘留在廚房裡。

我在R的寢室裡睡覺。醒來時還不到凌晨四點，在那之後無論如何閉上眼睛都無法入睡。不知不覺中，窗簾的另一側被黑暗包圍，真實的夜晚降臨。究竟是因為時差的關係，還是因為見到許久不見的R而感到心情亢奮，連我自己也不太清楚。

和廚房一樣，寢室也很狹窄。床與牆壁之間的空間小到連行李箱都無法完全打開。書桌上堆疊了好幾本用我無法理解的語言所寫下的書。為了不吵醒R，我靜靜地起身，坐在床頭，從窗簾的縫隙向外眺望。彷彿被遺棄在夜晚深處的正方形中庭，在月光照射下出乎意外地明亮。茂盛的三葉草、傾倒的空樹缽、過長的橄欖樹枝混雜在黑暗裡。處處可見公寓窗戶透出的橘色光芒，卻不見任何人影。房東傍晚所坐的扶手椅傾斜在水井旁。

從牆壁的另一邊可以感受到R在翻身。偶爾混雜著不知道是夢話還是乾咳的聲音。R以前是個經常扁桃腺腫大的孩子。扁桃腺卡著白色的膿，發高燒，一到晚上便噩夢纏身。情況惡化的話連腎臟都會出問題，急診室的小兒科醫生如此警告。為了察覺任何一丁點的異狀，我練就了半睡半醒的功夫。在衣服摩擦的窸窣聲音發出前、痛苦的呻吟開始的前一秒、以一瞬間的空白作為暗號而甦醒，將凌亂的棉被重新蓋好或是輕撫胸膛。

「咦，那裡……」

半夢半醒的R看著房間角落的一點。那裡有的只是黑暗。R的手中緊緊地抱著貓的布偶，那是他最要好的同伴。那是來自藥局的獎品，三角形的耳朵非常醒目，看上去有點瘦的布偶。發燒的夜裡，他的聲音更加惹人憐愛，那讓我格外感到不安。

「那個，幫我拿……」

伸向黑暗中的一點的手指痙攣著。幫我拿，是幫我拿走的意思，亦或是幫我拿來這裡的意思，語氣曖昧且不安。聲音之所以變得幼稚，或許是為了被「那個」喜歡的表現也說不定，我心想。

我們兩個人注視著相同的角落。為了不讓「那個」發現我們的存在而摒住呼吸，我摟著R的肩膀，用布偶填滿兩個人之間的縫隙，使我們變成一團黑色。然後等待黎明的到來。

隔天早上，R只吃了剩下的哈密瓜和麵包，為了趕上自習室開門的時間，匆忙地出去了。直到最後一刻，還重覆提醒著要留意扒手、竊盜和搶劫。我洗了碗盤、用清潔劑刷了瓦斯爐、將塞在盥洗室籃子裡的內衣褲手洗後晾在浴室裡。我環視房間，看看有沒有其他事情可以做，但卻不得要領而磨磨蹭蹭。最後，除了前往市區觀光外，我想不到其他點子。

R事先製作、為了我而準備的觀光指南十分完美。用了十張以上的報告用紙製作的觀光指南，列出了數種拜訪市區名勝的最佳路線，從巴士和地鐵車票的購買方式，到應該下車的站名、入場費用、拍照的最佳地點、適合吃中飯的餐廳和推薦的菜色、小費的計算方式、撥打公共電話的方法、可以換錢的地方等等，裡面寫著各式各樣的情報。特別重要的部分（警察的電話和公寓的地址）用螢光筆畫上了底線，甚至穿插了圖解（售票處和公共電話上的按鍵排列），公寓周邊的地圖上隨處可見畫上的箭頭和小字（「黃昏時氣氛特別好的公園」、「有親切大叔的蔬果店」、「鐘聲美妙的教堂」)。

如果讀這本指南的話,一兩個小時應該很快就過去了吧。而且感覺那樣比實際造訪觀光名勝更為有趣。翻到最後一頁,中央畫了一條直線,特別有需要的例句列在左側,翻譯後以片假名標示的發音則列舉在右側。「請問廁所在哪裡」、「請幫我結帳」、「護照被偷了」、「請幫幫我。情況很緊急」。

R書寫外國語言的筆跡,十分地大人樣。有種可靠,也有種疏離感。他運用著我所不知道的語言,這點讓我感到不可思議。某種特別的成長正在他的腦中進行著,但是我卻獨自錯過了。先生的父母親,將寫有文字的積木送給還不會開口說話的孫子。R相當喜歡,經常一個人玩著。「KURUMA(車子)」、「KAIJUU(怪獸)」、「TONOSAMABATTA(飛蝗)」。只要我將積木排列成單字,R就會激動地加以破壞、發出吶喊、重新改成獨自的語言。「RUKUMA」、「IUKAJIU」、「TABANOMASATO」。離婚而離開家裡時,將積木留在了那裡。R一手抱著貓的布偶，另一隻手牽著我的手。單靠我剩下的另一隻手，無法將所有語言搬出來。

這個城市到處都很美好。就連踏出公寓一步，眼前的路上的郵筒都讓人感到新鮮。原本，R好像計畫向學校請假，帶我去市區觀光，不過打從一開始我就沒有期望。

對於在女子大學的事務室裡擔任庶務工作，和孩子兩個人過著節約生活的我來說，一直自認與海外旅行無緣。可是萬萬沒有想到，因為連續工作三十年而獲得了一筆特別獎金，不但實現了海外旅行，還能見到許久不見的R，光是這樣就已經足夠了。如果還去造訪觀光名勝且玩得很開心的話，搞不好會有報應。儘管如此，我依舊忠實地遊覽招牌景點的原因，或許是想品味這份指南究竟多麼地無微不至吧。

盛夏晴空萬里，陽光耀眼炫目。我照著指南行動，留意不去做上面沒有寫到的、多餘的事情。在地下鐵的階梯上、長橋的途中、廣場的樹蔭下，只要想到便會隨時將折成四折的指南從小皮包裡拿出來攤開，確認自己有沒有走錯。美術館、修道院、宮殿、植物園、大教堂。數不清的名勝。每一個都比想像中更加氣派、莊嚴、崇高，無可挑剔。午餐選擇了指南裡提示的三種方案中最簡單的，在位於大教堂後門附近的路邊攤買了三明治，使坐在河邊的長椅上吃。許多的人們從長椅前面經過。所有的人都說著我聽不懂的語言。在這個城市裡，我所認識的人只有R一個。吃著火腿很鹹的三明治，我細心領會這個事實。但是我一點也不覺得寂寞。反而正好相反。有種想要對著經過的、不認識的人們，嘴角帶著微笑，大聲地喊出「只有R一個人」的心情。

到了傍晚陽光依然沒有減弱，沒有變涼的徵兆。完成一天的預定行程，走累了回到公寓時，坐在中庭的房東拖著行動不便的腳靠了過來。原本以為會被埋怨而提防，不過從房東清澈的藍色眼睛的神情，馬上就明白那是沒有敵意的。那是位穿著得體、大塊頭的老婆婆。七分袖的連身洋裝搭配珍珠項鍊，明明很熱卻穿著絲襪，拄著把手上鑲著各種顏色玻璃珠的拐杖。心想至少也要為床墊的事表達謝意、我一味地重複說著「床墊、床墊」。不知道有沒有聽懂，房東變換著手勢、一直不停說著話。我唯一能聽懂的，只有偶爾出現的R的名字。

房東用拐杖指著R位於四樓的房間，一個人點著頭，將手繞到我的背後，嗵嗵地拍著我微微出汗的背。燙捲的白髮觸碰我的臉頰、讓人覺得癢。

「恩恩、是的。床墊、床墊。」

我說。房東更深地點了頭。彷彿肯定所有事物似的點頭。

這個人一定是在稱讚我經過漫長的旅程而來到這裡，我想。雖然不明白她的意思，但我決定這麼想。

晚上，直到睡前，我和R並肩坐在餐桌上，一起看著電視。小型的舊型電視機，因為空間的關係，被放置在天花板和牆壁的轉角。只要調高音量，就會發出吱吱的怪聲。

R在我的左側。這是與過去在家時相同的排列位置。聽得到的耳朵朝向電視機，聽不見的耳朵則朝向我。當我和他說話時，他會轉過身，側著脖子。

幸好正值奧運期間，無論是什麼競技項目，只要轉到直播比賽的頻道，我大概都能理解。和連續劇或新聞節目不同，省去了一一翻譯給我聽的麻煩。正好在播放獨木舟的競技。從類似溜滑梯的出發地點，坐在獨木舟裡的選手們，依序滑向感覺危險的急流。獨木舟的前端是尖的，表面則像是海豚一樣的光滑。將腰部以下塞進獨木舟並與它結為一體的選手們，為了通過指定的關卡，靠著兩隻手拚命地划動船槳。有撞到岩石而載浮載沉的選手，也有困在白色的漩渦裡遲遲無法重整姿勢的選手。

「據說是山脈上融化的雪水喔。」

R說。

「所以才那麼湍急，看起來又冰呐。」

「碰到浮球的話就會被扣分。」

「居然還蠻嚴格的嘛。」

「是相當需要毅力的比賽。」

不曉得是不是當地的選手獲得了不錯的成績。主播的聲音裡帶著滿腔熱血。終於開始日落，一直開著的窗戶吹進了一絲涼風。居民們的說話聲、笑聲、餐具碰撞的聲音在外牆回響，在中庭融為一體，乘著風飄進耳裡。房東的身影已經不在了。

R是否聽得見從中庭傳來的聲音呢。無論何種聲音，不管經過多久時間，還是改不掉忍不住那樣想的壞習慣。只用一邊的耳朵去聽的世界會是什麼樣子呢，我無法停止思考。我看著R的耳朵。從耳殼延伸至下巴的手術疤痕，幾乎已消失殆盡。

「這麼快的說話速度，也能聽得懂在說些什麼嗎？」

我問。

「來這裡也已經一年了。再不習慣的話。」

R回答。

「而且也不是什麼特別複雜的內容。」

「喔。」

「聽不聽得懂，也不是什麼嚴重的問題啦。就只是聽得懂罷了。」

R將朝向這裡的左耳轉回電視機的方向，吃著我塞進行李箱所帶來的袋裝零食，喝了茶。

即使沒有積木，R也很快地就學會了語言。在上學以前，自己的名字、地址、數字等已經全部都會寫，也能將繪本上的讀音唸得很好。R特別喜歡的，是堂兄弟姐妹的七隻蟲，同心協力打敗壞心眼黑蟲的故事。蟲的身體分成兩節，前端有分成兩邊的六隻腳，不起眼的眼睛無法分辨是影子還是皺紋。雖然R一下子就正確地記住了全文，卻不是單純地背誦，他總是慢慢地翻頁，看著每一個字再唸出來。彷彿知道只要錯了一個就徒勞無功似的，唸法就像是謹慎地將積木加以排列一樣。

中途，有兩張一定會停下來注視的畫。一張是兩隻深思熟慮的蟲坐在葉子上的背影的畫、一張是放著屍體的信封掛在擊潰黑蟲的石頭上的畫。只要到了那一頁，R會將視線與黃蟲眺望的方向重疊，讓自己也看著同樣的東西，彷彿確認黑蟲是否確實被壓扁似的撫摸著信封。

應該是年終的忙碌時期吧。工作延遲、電車因大雨而誤點，急忙地趕到幼兒園時，園長抱著只剩下一個人的R等待著。

「眼眼裡，暴風雨來了喔。眼眼裡，暴風雨……」

看到我的臉，R眼角含著淚水，眨著濕濕的睫毛說道。為了不讓眼淚掉下來，小心翼翼地試圖微笑。回家路上，從雨衣的帽子上滴落的水滴，無法分辨是淚水還是雨水。

連換衣服都覺得可惜，準備著晚餐的時候，從寢室傳來了R的聲音。從門縫看去，R靠在床頭板上，讓貓的布偶坐在自己伸直的雙腳間的正對面，唸蟲的繪本給它聽。由於細長的腳和柔軟的身體，貓的布偶感覺隨時都會翻過去，想盡辦法讓它保持著坐姿，三角形的耳朵確實地朝著R的方向。

趁著翻頁的空檔，R將視線看向布偶，確認它是否感到無聊，是否陶醉在故事裡。擔心是多餘的。看到伸得筆直的尖耳朵，便能明白布偶有多麼認真地聆聽著朗讀。覆蓋耳朵內側的白色毛氈材質，有著柔軟滑順的起毛。

R的唸法不是加入了演技的浮誇方式。不加任何多餘的修飾，以那個文字原本的樣子來發音。到了那兩張畫的頁面時，R會停頓一下，這裡是故事裡重要的地方喔，以無聲的方式發送暗號給玩偶。

「故事結束。」

等到自己的聲音消失得一點也不剩後，R闔上了繪本。

「壞心眼的黑蟲確實被壓扁了喔。」

凝視著布偶用珠子做成的眼睛，R說道。

「扁到可以放進信封裡。」

我開始擔心R有沒有發燒。因為R的聲音帶有和扁桃腺腫大時相同的哭腔。

「黑蟲的媽媽馬上就會來接它了。因為信封上有寫著收件人。再忍耐一下下。」

R的頭髮和睫毛都還是濕的。布偶依舊豎著耳朵、聽話地坐著。

不知何時，電視畫面已經從獨木舟變成了舉重。矮胖的男人們的肌肉上浮著血管、露出腋毛、舉起紅色的槓片。每當白色的燈亮起，他們歡欣鼓舞時，雙手便會揚起白色的粉末。

「差不多該來睡了吧。」

我說。

「好。」

我們關掉電視，一同移動椅子，將立在牆上的床墊鋪平。關上窗子，房間立刻安靜了下來。

不久之後，白天帶著指南在市區觀光、晚上看奧運直播，成為了固定模式。隨著奧運日程的進行，預計停留天數也逐漸被消化。日子過了一半時，R 提出了新的方案。探訪郊外古城的行程、順流而下的觀光船、歌劇欣賞等等，那股氣勢好像現在就要做出新的指南一樣。

不過我決定先暫時停止觀光，做一些有營養的菜色冷凍起來，留下一點點自己來到這裡的成果。R 喜愛的菜色是青椒鑲肉。那正是可以同時攝取綠色蔬菜和蛋白質的最佳菜色。

但是，明明已經做過無數次，就算閉上眼睛也做得出來的菜色，為什麼只是到了語言不同的地方就方寸大亂，一切都無法順利進行。即便將市場從頭到尾走一遍，全都是整塊的肉而沒有絞肉，在「有親切大叔的蔬果店」找到的青椒，雖然除了綠色以外，還有黃色和紅色，但也全都很巨大而欠缺細緻的氛圍。菜刀很難切，無法掌握控制瓦斯爐火力的訣竅。平底鍋太重。這也沒有、那也沒有的在狹窄的廚房裡左右來回、反覆地失敗，才終於以自己的方式下了功夫、找出嶄新的方法。在空檔的時候也沒忘記將抽屜整理乾淨。

瓦斯爐上只有一個爐口。塞進去然後煎、塞進去然後煎。不停地重複那個動作。通風扇依然是壞掉的，房間裡滿是熱氣，全身汗水淋漓。回神時才發現下午轉眼之間就過去了。

由於在肉店裡無法傳達正確的公克數，加上親切的大叔多給了許多的青椒，因此完成了塞滿所有盤子仍然還有多餘的青椒鑲肉。有了這些應該可以撐上好幾個月。

等到那些青椒鑲肉變涼後，包上保鮮膜，到了準備放進去冷凍時，我才終於發現冰箱裡沒有冷凍庫。我把臉伸進冰箱裡，用手來回觸摸裡面和側面，試著取下蛋架和轉動溫度調節的開關，但冷凍庫沒有從任何地方出現。

就算沒有冷凍庫，只要放進冰箱裡的話，到後天應該都還不會壞掉吧。可是再怎麼喜愛的菜色，R能吃的量還是有限度的。我重新環顧廚房。從調理台到餐桌、棚架，甚至餐具櫃上面，滿滿一整面都是青椒鑲肉。青椒的那面朝下、肉的那面朝上，每個都端正地排列著。份量十足、渾圓飽滿，在從中庭照射來的陽光下閃閃發亮。沒有任何多餘的空間了。床墊吸附了洋蔥和肉汁的味道，在牆邊的老位置上，保持距離似的依靠著牆壁。窗外，在中庭的水井旁邊，看見了坐在扶手椅上打瞌睡的房東的身影。

「不好意思，是這樣的，如果不嫌棄的話……當作是床墊的謝禮……」

當我拿出擺有青椒鑲肉的盤子時，一開始房東雖然有些困惑，不過馬上高興地收下了盤子。這個城市裡是不是沒有這種料理呢。房東很稀奇似的來回看著，同時對著我說個不停。

「是的，請收下，沒有關係的。我們不也向您借了床墊，那個床墊……」

我再次陷入重複說著床墊的窘境。事實上，只是將做了太多的青椒鑲肉硬塞給對方，有一半形同是在說謊，但我當然無法說明這複雜的情況，結果能說出口的也只有床墊這一個字。

儘管如此房東卻非常開心，放下拐杖、用雙手捧著盤子，全部收了下來，用招牌的點頭表示認同。

告別了房東，將剩下的青椒鑲肉收進冰箱裡，並將平底鍋、砧板、菜刀全部洗得乾乾淨淨，準備喘口氣時，我才發現比沒有冷凍庫更重要的事物了。瞥見了買東西時背的小皮包的拉鍊半開著。不知道為什麼有種奇妙的感覺。買完東西回到家後，應該一直掛在椅背上的小皮包，沒有任何預告就出現在眼前的感覺。

我將手伸進小皮包裡。錢包還在。錢的數目也一樣。但是，指南不見了。

我漫無目的地走出公寓。心想或許是掉在路上也說不定，不過另一方面我也很清楚不可能找得到。總之，就是不想一個人待在房間裡。我已經不想再聞到青椒鑲肉的味道了。

再次前往市場，在裡面繞了一圈，也到了蔬果店的門口，但卻已經打烊了。之後就隨著雙腳，隨心所欲地到處走。從大道穿越廣場、過橋、沿著河岸前進再過橋，再回到這裡。為了避免迷路，將公寓一直放在大腦裡的中心點，在它的周圍繞著圈子來回地走。誤打誤撞走進了一個小公園，因為疲累而坐在長椅上。啊，我立刻就察覺到，這裡就是指南上所寫的那個「黃昏時氣氛特別好的公園」。R的筆跡和箭頭清晰地浮現。色彩豐富的、貼心的、充滿幽默和擔憂的心境的指南，一頁一頁地復甦。「請幫幫我。情況很緊急」。現在正是指著那一行給某個人看的時候。可是，應該打開來給對方看的指南卻不在手上。

也許誤以為是某種禮物，發現不是之後，嘖舌的同時撕破並丟棄了吧。我還寧願被拿走的是錢。我蜷曲著背，長嘆了一口氣。我覺得我的身體和床墊一樣，散發著青椒鑲肉的味道。

公園位於有著平緩彎道的巷子盡頭。除了潛藏在世界上各個角落，沒有任何特別的地方外，沒有其他可以用來形容的公園。沒有噴水池、花壇、遊樂設施，只放置了兩三張生鏽的長椅，被包圍在煞風景的建築物背面。偶爾走進巷子裡的人們，也沒有注意到那樣的地方有個公園，腳步飛快、視而不見地走過。

不過，公園中央有一顆相當高大的榆樹。非常坦率的樹。樹幹很粗、樹枝從靠近地面的地方伸展出來、樹形十分地茁壯。樹葉繁盛茂密、樹蔭濃密、搖晃樹枝的風非常地舒服。由於在枝繁葉茂間交錯跳躍的小鳥的鳥囀，大馬路上的喧囂顯得遙遠且模糊。

雖然已經到了可說是夜晚的時間，太陽仍然沒有下沉，陽光帶著一些黃昏的色調。抬頭看著矗立在正面的榆樹，可以發現樹梢的輪廓正一點一滴地變得陰暗。無論多麼微弱的風，樹葉都會被吹開，殘留在樹枝深處，白天的陽光，在閃耀的同時消逝。光和影的交界變得模糊，沉穩的空氣瀰漫四周。隨著時間經過，身上的汗乾了，鼓動也平息了。樹蔭和綠意的味道將我包圍。

就在那個時候，從某個地方傳來了鐘聲。我馬上想到指南第一頁裡「鐘聲美妙的教堂」的那行文字，從長椅上站了起來，伸展了背。不過，天空中只有榆樹的樹枝以及流過的雲朵，到處都不見教堂的蹤影。鐘聲飄過巷子、傳遞給榆樹的樹幹、然後被吸進天空裡高高的、高高的地方。只剩餘音不斷地震動著耳膜。絕非清高的那種，而是樸實且低調，甚至某些地方還不流暢。這就是黃昏時分，R用單側耳朵聽著的鐘聲。

R的耳朵之所以聽不見，是由於十八歲的時候，在上學途中被車子輾過，頭部受到重擊所致。腦神經外科醫院的人打電話到我上班的地方，說「您的兒子出了車禍，請馬上到ICU來」。

「情況嚴重嗎？」

我問。

「那個，還不太清楚。」

那個語氣就像是被問到，我也很困擾似的。

抵達醫院前的路上，那個人的語調彷彿附著在我耳朵裡似的，一直無法擺脫。就算是我問錯對象好了，如果能夠表現出一點點的體貼不是很好嗎。比起R遭遇車禍，打電話來的人的態度更讓我覺得毫無道理可言。佔據我內心的不是擔心，而是憤怒。

我在ICU的休息室等待手術結束。頭蓋骨骨折、腦部受傷、耳骨移位導致淋巴液外流之類的，進行各種修復的手術。房間裡除了我，沒有任何人。我的憤怒已消失。取而代之，湧上心頭的是，因為向素未謀面的人問了不相干的問題而激怒對方的我，R現在才會在這裡的一種罪惡感。這樣想的話，會發生車禍的原因可說不勝枚舉。如果早上我沒有在玄關叫住他的話，如果我沒有在那種地方租公寓的話，如果我不是他的母親的話……。

手術花了很長的時間。我的腳邊放著一個黑色塑膠袋。將R的衣服、鞋子、圍巾、課本、手錶等私人物品全部塞進裡面的袋子。打開袋口往裡面看，有汽油的味道。可以看到襯衫上的血痕以及破裂的錶盤。

休息室裡沒有窗戶，只有一盞光線微弱的日光燈。我凝視著房間角落的暗處。為了防止「那個」來把R帶走，我看守著。我祈禱著被壓扁的黑蟲的媽媽能早點來接它。可以聽見R的聲音的布偶的耳朵，現在是否依然有著柔軟滑順的起毛呢，我伸出手指確認。

「怎麼了，在這種地方。」

往聲音傳來的方向回頭，R站在公園的入口。

「我擔心地四處找妳。」

「啊，對不起、對不起。」

鐘聲不知道什麼時候停止了。榆樹的綠意被黑暗掩蓋，橘色的月亮高掛在天空的正中央。

「快點回家吃青椒鑲肉吧。我快餓扁了。」

R說。

旅行的最後一個晚上，電視上播放著閉幕典禮。在漆黑的夜空包圍下，山丘上的競技場裡，看台區和場上都擠滿了人，五顏六色的燈光照射著。旗子被升起、煙火被施放、拍手和音樂的聲音沸騰。聖火依然熊熊地燃燒著。

「不知道的國家真的還很多呢。每次看到奧運都會這麼想。」

「是啊。」

「大概是從什麼時候的奧運開始有記憶的？」

「那個，是什麼時候呢……」

「慕尼黑？」

「完全不記得。」

「那麼，蒙特婁？」

「啊，我記得。只有一點點就是了。柯曼妮奇[1]之類的。」

「是啊。在那之後還有聯合抵制的事件。」

「恩。」

我們吃著房東給的甜點，喝了好幾杯茶。那是表面有著檸檬風味的砂糖蛋糕，根據R的說明，那好像是房東故鄉的傳統點心。

「房東很高興喔。她好像很喜歡青椒鑲肉的樣子。」

臉朝著電視機的畫面，R說。

「太好了。」

「聽說把住在附近的孫子叫來一起吃了。」

「讓房東感到喜歡也是很重要的。有什麼萬一的時候，或許還能得到些好處。」

1. 柯曼妮奇：羅馬尼亞女體操運動員。

「恩。」

「明天，得把床墊拿去還才行。」

「恩，說得也是。」

閉幕典禮終於來到了最後的高潮。主播的聲音變得不尋常。彷彿躊躇似的，聖火搖曳的同時一點一滴地變小，最後化為一縷煙消失。

「熄滅了呢。」

我說。R沉默不語。或許是沒有聽見我的聲音吧。他只是將最後一口蛋糕放進嘴裡，小口咀嚼。為了幫他添茶，我將熱水倒進熱水壺裡。

雖然已經事先想過，但在機場和R告別時，要裝作若無其事還是很困難。如果開口說話便會不禁感到悲傷，所以我儘可能地保持沉默，努力讓臉上只浮現笑容。反倒是R還比較多話。我想下次放假應該也無法回國、但我會寫信所以請放心、要寄照片給我、小心扒手。

分開的時候，我們彼此浮現害羞的神情握了手。「要保重身體喔」。我想說的話只有這個。直到進入行李檢查處的大門前，只要回頭，就能看見R充滿元氣地揮著手。眼淚突然湧出讓我感到慌張。只靠著單側的耳朵學會另一種語言、能夠辨別出美妙的鐘聲的R。對於這樣的孩子，究竟為什麼我需要哭泣呢？

這個時候，不知從何而來的團體加入了檢查的隊伍，回過神時我已淹沒在其中。最先映入眼簾的是他們的腳。像是榆樹的樹幹一樣屹立的許多隻腳，將我圍住。苔綠色的長褲、裝飾著徽章的深藍色西裝外套、白色和米白色的雙色鞋子。穿著統一的男子們，所有人的身高都接近兩米、理著平頭。是奧運的選手，我立即就明白了。

如同守護幼蟲的繭似的，他們圍繞著我。檢查處的喧鬧和人群的目光都被遮住、我的周圍只有一片特別的寧靜。在那片寧靜中，我盡情地哭泣。

巴塞隆納・奧運男子排球美國代表隊（1992）
the United States Men's National Volleyball Team for the Barcelona 1992 Olympic Games

預賽時對戰日本。原本以3比2取得勝利，但賽後因日本隊提出抗議，在國際排球聯合會的裁判委員會的決議下，隔天以1比3的比數由日本獲得勝利，逆轉了比賽結果。在比數1比2的第4回合，得分13比14。日本取得決勝點之際，美國隊的薩繆爾森（Bob Samuelson）受到第2次警告，但主審卻沒有為日本隊加上1分。對於這個不當的判定，美國隊以全員理光頭的方式表達抗議。最終美國隊獲得銅牌。而日本隊則以第6名收場，但在此之後也陷入了長期的低迷。

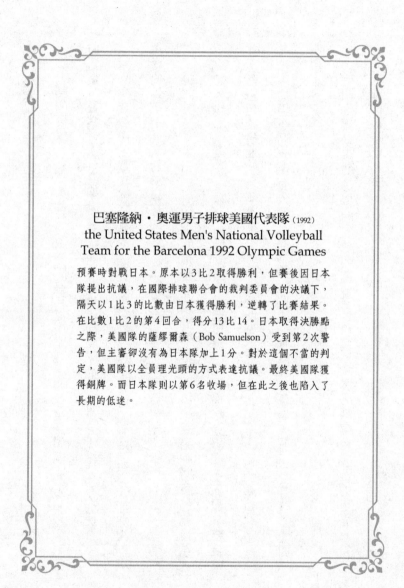

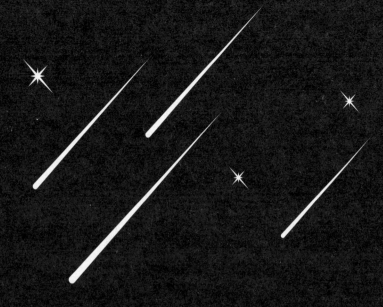

第 8 話

小婦人俱樂部

Little Women Club
In the memory of Elizabeth Taylor

我們被視為四人組，是從在今年秋天的學藝會演出《小婦人》裡的四姐妹之後開始的。

「妳演艾美。」

沒有異議、沒有埋怨、也沒有替代方案，首先平和地決定了我的角色。

相反地，針對剩下來的三個角色，起了很大的爭執。長女瑪格有著無與倫比的美麗。次女喬雖然長相平凡，不過有場剪去頭髮換取金錢的重頭戲。三女貝絲則因猩紅熱而瀕死的無常惹人同情。

「結果，到底誰才是主角？」

「應該是年長的瑪格？」

「比起那些，台詞最多的究竟是誰呢。」

「把話說清楚喔。」

「就是說阿，不曉得主角是誰的戲，根本不合理。」

三人異口同聲地朝我逼近。

「那個，該怎麼說才好呢……」

我故意把話說得模稜兩可。因為劇本是我寫的，我很清楚主角是身為次女的喬。可是，為了不讓三人的關係比現在更加險惡，我想還是把事情弄得曖昧一點比較好。

四姐妹的故事，主角如果是長女的話，就會太過理所當然而無趣了。《細雪》那部作品，說故事的人也是身為次女的幸子。我從很久以前就留意到，作家似乎都很討厭理所當然這件事情。

歷經三方混戰，最後總算確定了各自滿意的角色。

「跳舞的那場戲，要幫我搭配這個年級裡第一名的美少年。」

「假髮如果不是用真的頭髮做的，我可不要。」

「猩紅熱感覺很過時耶。沒有更時尚一點的疾病嗎？」

即使已經確定下來，對於劇本家的要求依然沒停過。

在姑媽家的圖書室裡發現樂園、用筆勾勒出有所成就的夢想、將臉埋進第一次刊登自己的小說的報紙裡喜極而泣的喬。事實上，她才是最符合我的角色。艾美明顯地缺乏存在感。當我一邊讀著原著，一邊在應該寫進劇本裡，令人印象深刻的場面做記號時，艾美的名字旁邊幾乎沒有被畫上任何一條線。即便偶爾做出引人注目的事情，也是類似和喬發生爭吵，燒掉重要原稿那類的事情。

而且就從名字上也可以發現她被輕視的證據。瑪格的本名是瑪格麗特、喬是約瑟芬、貝絲是伊麗莎白，但艾美就只是艾美。三位姐姐的心裡都有一個小盒子，裡面藏著只有在特殊情況下才會說出口、優雅且神祕的名字。當那個特殊情況發生時，就會被發現自己的小盒子裡空無一物，艾美總是因此而感到忐忑不安。

「妳還真是幸運呢。」

是因為我的臉上不經意地露出了無精打采的神情嗎。得到最美麗的角色而感到滿意不已的瑪格，對著我這麼說。

「因為，妳知道嗎？在電影裡演出艾美的人是誰。」

我搖頭。

「是伊莉莎白・泰勒呢。」

那個名字到底有多麼特別呢，為了強調，瑪格以裝腔作勢的口吻說道。

「哇。」

「妳說什麼。」

喬和貝絲搶在我前面發出了驚嘆聲。

「那個伊莉莎白・泰勒耶……」

「沒有錯。」

「那麼，演出我們的角色的女演員是誰？」

「不是什麼有名的人。」

「哎呀，真的假的？」

「連聽都沒聽過的名字。」

「唉，真是遺憾。」

「話說回來伊莉莎白・泰勒真的很出色呢。」

「我說妳阿，這樣不是很好嗎。演艾美這個角色。」

「沒錯，沒錯。」

三人同時朝著彼此點頭。

「那個……」

我找機會插嘴。

「伊莉莎白的話，不是應該演貝絲才對嗎。」

「真是笨蛋。」

話才剛說完，瑪格就馬上加以否定。

「伊莉莎白（Elizabeth）不是貝絲（Beth）、是莉茲（Liz）喔。莉、茲。」[2]

學藝會結束後，我們立誓以四人組團結下去，暗自成立了「小婦人俱樂部」。在位於校園角落，壞掉的百葉箱裡集合，單手重疊在《小婦人》上，朗讀誓言。那本到處留有為了寫劇本而做的記號的，是我的書。

「要放上哪隻手呢？」

貝絲問道。

「左手喔。」

喬回答。

「右手的手肘彎曲，然後像這樣舉起來。」

2. 英語中 Liz 為 Elizabeth 的簡稱。

喬做了示範。

「我在電視上看過雷根總統的就職典禮，絕對不會錯的。」

「如果是總統採用的方式，一定是最正式的吧。」

「最高規格喔。」

彷彿事先演練過似的，三人都做得有模有樣。我的左手在最底下。訝異於人的手原來那麼地重，同時承受著三人份的重量，光是為了保持基底的平衡，我已用盡全力。

「注意。」

瑪格起了頭。

「純潔的心靈超越萬物之美。」

四人異口同聲。

「注意。」

「要憐憫弱小。」

「注意。」

「要遵守約定。」

「注意。」

「要甘於吃苦。」

「注意。」

「就算死後也是四姐妹。」

因為害怕說錯，我只是將嘴巴開合而已。光是三人的聲音就份量十足了。

「違背誓言的話要接受懲罰喔。」

某個人提起了懲罰的事情。

「什麼樣的懲罰？」

「這個嘛……」

「毛要被剃掉喔。」

「這個主意太棒了。」

「那裡的毛喔。」

「一定要的阿。」

「好喔。就這樣決定了。」

那裡，究竟是指哪裡呢，我不禁想問，好不容易忍了下來。因為我想起，不管怎麼說，目前還看不出來我有那樣的想法。

為了證明誓言的成立，《小婦人》被當作俱樂部的象徵，藏在百葉箱裡。斑駁的白色油漆、鳥糞附著而腐敗的門，可說是已經沒有任何功用的百葉箱。裡面溫度計的玻璃管破裂、水銀蒸發，氣壓計的指針扭曲、底部堆積著昆蟲的殘骸。對於去年聖誕節時爸爸送給我的書被遺棄在那樣的地方，我感到心情沉重，但我也無法違背才剛剛發誓要「甘於吃苦」，只好默默地任憑這一切發生。當瑪格將書放進測量儀器深處的瞬間，傳出了乾巴巴的昆蟲被壓扁的聲音。

「好了，這樣子就行了。」

三人拍著制服上的灰塵、用一種事情告一段落而感到爽快的語氣說道。然後，四人手牽著手，圍著百葉箱形成一個圓圈，為了不讓小婦人俱樂部的秘密洩漏出去，往右四圈，往左四圈地繞著圈子。

從中央圖書館借來、厚厚一本的伊莉莎白・泰勒傳記，我一個晚上就讀完了。在借閱期間裡我每天重新讀過，並且將期限延長至極限，但這樣還是不夠，我用媽媽的會員卡偷偷地再借了一次。我以專用的筆記本抄下重點，將傳記的內容進行分類，整理演出過的電影（瑪格說的是真的。伊莉莎白・泰勒在《小婦人》裡飾演的是艾美）。書本最後所記載的年譜無法滿足我，於是我自己又添加了許多內容，成為足足有好幾頁的新年譜。

在進行那些作業的空檔，我不時地翻開傳記的第一頁，看著上面十一歲時的伊莉莎白・泰勒的照片。那是無法用簡單的一句可愛去形容的照片。豐盈的捲髮覆蓋在肩膀上、額頭和下巴的輪廓呈現出聰明、雙頰光滑。最重要的是眼睛。潛藏在深邃的陰影底下的同時，充滿著令人絕對無法忽視的光輝，被人們稱作紫羅蘭色的眼睛。雖然照片是黑白的，還是能清楚明白那雙眼睛有著其他人所沒有的特別顏色。

我試著在腦中浮現眼前的少女和我一樣扮演著艾美的樣子。彷彿比夢境還要遙遠的事情似的、我的大腦恍惚且模糊。即便如此，位在寒酸教室裡的簡陋舞台和螢幕另一頭那個閃閃發亮的世界間，因為艾美這個名字有了一個連結，絕對不會錯的。

最費工夫的是製作家譜。和六位對象結婚七次、離婚六次、死別一次。次數之多就不用說，六和七之間的微妙差異也令我混亂。與相同的男性反覆兩次結婚和離婚。與分手的前夫復合後又閃電分手。不管怎麼做都無法明確地用一句話完整地說明，讓我感到焦慮。

從第一任飯店大亨的富二代尼克・希爾頓開始，再來是男演員麥可・威爾丁，再來是製作人麥可・托德，接連下去紙張很快地就寫滿了，於是用膠水接上了新的紙張。第四任是歌手艾迪・費舍，第五和第六任是具有問題的李察・波頓，第七任則是政治家約翰・華納。而且更複雜的是，這些結婚對象有的有前妻、有的有小孩、有的離婚後又與其他人再婚。當然，在這七段婚姻期間她也有了孩子、養子、甚至是孫子。無論怎麼寫，登場的人物們不停地往直向和橫向繁衍。因空難死亡的M、億萬富翁的K、以牛排刀刺向自己的V、酒精成癮的N、M、R……。轉眼間已經接了三、四張紙。每當我以為完成了，重新再看一遍時，一定會在某個地方發現像是弄錯西元年、寫錯人名或是遺漏的地方。

感覺永無止盡的作業好不容易結束時，家譜已經大到超越書桌的大小了。伊莉莎白・泰勒的領土有著意想不到的寬度和長度。在角落寫上製作者的我的名字後，摺疊成筆記本的大小，留意著不讓膠水溢出、將它貼在筆記本的封底上。

當然，我的名字和家譜上的任何人都沒有連結，只不過是如同橡皮擦碎屑般的孤島。不過我發現了我和伊莉莎白・泰勒之間有三個共通點。毛髮濃密、假裝生病以及腳的大小。

她出生時，全身佈滿濃密的胎毛。雖然醫生曾說長大成人後會自然痊癒，但這件事情長年以來一直是她煩惱的根源。讀了這段記述後，我便停止了因為在意濃密的毛髮，每兩週一次以雙氧水漂白手臂和小腿前側雜毛的習慣。抹滅難得的共通點，未免也太可惜了。我想到，或許正是因為不自然地擦藥，重點的「那裡」才一直處於尚未發展的狀態。

關於裝病，我也毫不遜色。她的拿手好戲包含因小時候騎馬而受傷的背部舊疾復發、各種傳染病的急遽惡化、不小心受傷之類的。各種情況在拍攝電影巨作、奧斯卡頒獎典禮、母親去世時出乎意料地發生，戲劇化地將事態炒熱。相較之下規模雖然小了些，但我也完全學會了在社會課、游泳課或夏令營的前一天發燒的技術。

她的鞋子的尺寸是21公分。有著一雙非常小的腳。小到令人擔心如何能以這麼小的腳支撐住那麼巨大的領地。有時我會脫下襪子、看著自己21公分的腳。伸展腳指頭、描繪浮在腳背上的青筋、聞著指甲，同時想著伊莉莎白・泰勒的事情。

小婦人俱樂部定期在百葉箱裡舉行聚會。唱和誓詞後，演著《小婦人》的主要場景當作遊戲。那裡覆蓋著一整片過長的草，且與教室有一段距離，是最適合偷偷摸摸演戲的地點。比如說罹患猩紅熱的貝絲倒下的場景、制服不會弄髒，而在所有人高聲歡呼迎接平安歸來的爸爸的場景、也不需擔心因為不小心提高音量而被人發現。

三人各自有喜愛的台詞、總是要不斷地重複那些地方。

「別再相互埋怨，肩負起各自的重任，像母親一樣開朗地前行吧！」

「這種事情，並不會為國家的命運帶來任何影響……剪去三千煩惱絲，對頭腦來說也是好事。既涼快又輕盈，感覺真舒服呢。……請收下這些錢……」

「已經是唱歌的時間了吧？我要坐在老位子上。我呢，想要唱完成朝聖之旅的牧羊少年之歌。因為父親大人很喜愛那首歌……」

三人將我所寫的台詞，連語助詞也一字不漏地記住，沒有說錯過任何一次。動作流暢，臉上蘊含著感情，無論各方面都比學藝會時表現得更好了。

不管什麼場景，艾美都只是安靜地坐在暖爐旁的沙發上，真是太好了。被稱作沙發的，是支撐百葉箱、交叉成X型的支架的中間部分。我蜷曲著背、努力地將身體塞進X的縫隙裡。那裡的空間只有剛剛好收進雙手抱膝的我的大小。

三人的演技逐漸地越演越投入。瑪格的脖子上流著汗水、喬口沫橫飛、貝絲的歌聲沙啞分岔。

「尼克・希爾頓、麥可・威爾丁、托德・麥可……不對。是麥可・托德才對。」

我一個人用微弱到聽不見的聲音，依序說出伊莉莎白・泰勒的結婚對象。

「……李察・波頓、李察・波頓、約翰・華納……哎呀，真是糟糕。漏掉了艾迪・費舍。」

試了好幾次都無法正確地說出，陷入必須重頭來過的窘境。明明那麼用心地製作了家譜，並且全部記在腦子裡了才對，但只要坐在暖爐旁的沙發上，不知為何就是不對勁。彷彿結婚對象的名單裡到處都是陷阱一樣。不到一年左右的分手、由好幾種組合形成的三角關係、突如其來的意外身亡、無止盡的酒精和暴力、藥物……。這一定是對於與莉茲結婚懷恨在心的男人們所設下的陷阱。

場景在不知不覺中變換著。太陽西斜、吹起了風、草地上的葉梢沙沙作響。在客廳的桌子上拚命地做著針線活、為損壞的人偶建造醫院、第一次與鄰家的少年交談、戴上草帽去野餐……。直到剛才還映照在草地上的影子消失了，取而代之的是三人的側臉染上了灰色、輪廓變得模糊。陶醉在小婦人俱樂部的活動裡的她們，似乎完全沒有注意到。

百葉箱下方有著和講堂布幕相同的味道。因為侷促難耐，肩膀以蠕動的節奏碰撞著腳，昆蟲的屍體從百葉窗門的縫隙掉落下來。翅膀脫落、身體的部分四分五裂、幾乎變成了粉末的狀態。《小婦人》還平安無事嗎？我將肩膀再往內縮、抬頭看向百葉箱的底部。

「沒錯吧？艾美。」

「喂、艾美。」

「就是說嘛，艾美。」

有時三人為了顯現出我們是四姐妹，會朝向暖爐旁的沙發對我說話，因此無法掉以輕心。我慌張地點頭。拜它所賜，名單的順序又亂掉了。

「尼克・希爾頓、麥可・威爾丁、麥可・托德、艾迪・費舍……」

我不死心地重頭來過。

書桌上鋪了油紙，紙上已準備齊全。杯子裡的水倒滿至杯緣。保險起見，再次打開筆記本，將開立給莉茲的處方籤與排列在油紙上的藥物一一進行比對，確認是否有所遺漏。

「神經穩定劑、麻醉劑、催眠藥、食慾減輕劑、興奮劑、抗憂鬱劑。」

這是超越結婚對象名單的難題。那些藥究竟會帶來什麼樣的作用，我完全無法預測，但已經做好了覺悟。

藥物有的是藥丸、有的是膠囊。有的表面刻上了英文字母、有的表面經過處理，看起來就如同彩色巧克力一樣光滑。在準備將最右邊的一顆「神經穩定劑」放入口中時突然覺得，在這種如此打破常規的時候、是不是需要什麼特別的儀式呢。我將右手手肘以上的部分舉起，左手因為沒有書，只好放在杯緣上，背誦小婦人俱樂部的誓詞。

「注意，純潔的心靈超越萬物……」

只有一個人時無法展現出三人時的莊嚴。和擁有完美的記憶力的她們不同，總覺得句子裡的某個地方不正確。

準備工作總算是全部完成，我將第一顆藥和水一起吞了下去。可能是緊張的緣故，喉嚨突然噎住，無論再喝下多少水胸口還是苦悶，為了加以壓制，我一股作氣地將排列好的藥一顆接著一顆放入口中。

果然和我擔心的一樣，表飛鳴那微妙的甜味降低了藥單的恐怖，除此之外，和彩色巧克力一樣甜的魚肝油等也讓人感到荒謬。相反地，正露丸就相當了不起。毫無妥協空間的苦味、以及比任何黑暗都深的黑色，具備了符合讓伊莉莎白・泰勒如同被詛咒似的服用三、四十年的風格。

六個種類乘以二。總共十二顆、全部吞下去了。我握拳搥著肋骨，再喝了一杯水，但胸口的苦悶還是沒有消失。我的腦中浮現出藥丸和膠囊堵在喉嚨黏膜的皺褶處蠢動的情景。我闔上筆記本、折疊油紙、靜靜等待著接下來發生的事情。關於精神的安穩、關於睡眠和興奮、關於與食慾的對抗，任憑想像馳騁。

但無論我怎麼等，除了胸口的苦悶逐漸消失外，身體並沒有出現任何特別的變化。心臟破裂前的悸動、看起來像是死亡的睡眠、救護車出動、氣管插管、口對口人工呼吸。那些戲劇性的事情全都沒有發生。因為喝了太多水的緣故，晚餐吃不太下。隔天早上，雖然肚子有些不舒服，但無法判斷是不是處方籤造成的。

面臨身體產生超越服用藥物所帶來的變化，是在經過十天左右的某天，準備穿上鞋子去上學的時候。21公分的鞋子，變得有點緊了。

只是想太多了。我如此對自己說，努力地忘記腳的事情。我用彷彿一開始就沒有腳似的方式行動著。但是，疼痛卻一天天地加劇到無法忽視的狀態。腳趾縮成一團、指甲變成紫色、腳踝的水泡破裂化膿。被媽媽發現，然後買21.5公分的鞋子給我，事情絕對不能演變成這樣。

不能光是忍耐疼痛，必須開始想辦法讓腳不再繼續變大。我將指尖縮到幾乎要碰到腳底，再用繃帶一圈一圈地包起來，把腳塞進直到去年都還在穿的20公分上學用的鞋子裡，早上一小時和晚上睡前的一小時，扶著窗沿踮起腳尖站立。這是我構思出的方法。

有時，光是站著不動而感到無聊的話，我會一邊留意不吵醒爸爸媽媽、一邊像是芭蕾女伶般地用腳尖踏步。如此一來腳會感受到更重的壓力，感覺效果更好了。證據就是，當腳每次接觸地板時，一股疼痛的感覺會從指甲傳腳背，再傳上腳踝。

我當然沒有辦法像芭蕾女伶那樣的優雅。我彎著腰、膝蓋顫抖、光是要維持姿勢就已經很辛苦了，更何況有點髒的繃帶和撐到快破掉的上學用的鞋子，看起來完全不像芭蕾舞鞋。

儘管如此，我還是忠實地完成賦予自己的義務。早上一小時、晚上睡前的一小時，找出時間持續地用指尖踏步。

生日的時候，在寵物店買了兩隻倉鼠。伊莉莎白・泰勒真正寵愛的其實是花栗鼠，但因為價格昂貴，超過預算範圍，於是選了也不能說不像的倉鼠。那是有著圓圓的眼睛、超級短的腿以及不起眼的尾巴，充滿元氣的倉鼠。只要有空就會在跑輪上奔跑。對於並不會抵達任何地方沒有任何埋怨，心滿意足地不停動著短短的腿。只要把向日葵的種子倒進飼料盒裡，就會無止盡地將它塞進頰囊、直到臉的輪廓變形為止。

後來生了十隻小倉鼠，轉眼間就長滿了毛，大到無法與父母親區別。繁殖的速度之快，讓我想起了莉茲的家譜。我急忙遊說爸爸，預支明年的生日預算，添購了籠子、飼料盒、跑輪，以及其他必需品。十二個籠子佔領了小孩房的一整面牆壁還不夠，甚至前進至窗邊，差一點就要威脅到我一天兩次的義務，踮起腳尖站立和踏步的空間。每天光是清掃籠子、換水和飼料、用裙襬一隻一隻包起來撫摸就要花上好幾個小時。房間裡散落著從籠子裡掉下來的床鋪用的木屑、廁所用的沙子、向日葵種子的殼，至始至終瀰漫著一股暖和的氣味。

即便如此，我從來沒有以照顧牠們為藉口而怠惰早上和晚上的義務。牠們讓輕快的跑輪的聲音響遍整個房間，彷彿是在鼓勵傷害著成長中的腳尖細胞的我似的。

「如果可以的話……」

小婦人俱樂部的活動過後，我鼓起勇氣對三人說。

「要不要到我家來玩呢？」

三人同時回過頭來。

「去妳家？」

「為什麼？」

「很麻煩耶。」

「想讓妳們看非常可愛的花栗鼠。有十二隻那麼多。」

三人露出也不是絕對不行的表情。

「俱樂部的活動，讓我累到不行的說。」

「和只是坐在沙發上的妳可是有著天壤之別。」

「不過呢，如果有果汁喝的話，或許可以考慮一下。」

「那麼，我要可爾必思。」

「要加很多、很濃的那種。」

四人進入小孩房，光是這樣就已經完全沒有任何多餘的空間了。只要有人變換姿勢，身體的某個部位就一定會碰撞到籠子。因為人突然變多而興奮不已的倉鼠們，比平常更加賣力地轉著跑輪，將頰囊膨脹到臉都快要破了，發出「吱、吱」的叫聲。

「牠們有名字嗎？」

貝絲問。

「沒有。」

我回答。在出生後的一陣慌亂之間，不知不覺連父母親和小孩都無法區別的事情，我決定不說出來。

「取名字也沒用吧。因為臉長得都一樣啊。」

瑪格說。

「不過，這真的是花栗鼠嗎？」

最先開口這麼說的，是喬。

「身上完全沒有任何花紋，不是嗎。」

「花栗鼠的話，不是應該有捲成圓形的，大大的尾巴嗎？」

「對啊。」

我什麼也回答不出來，將吸管放入口中。跑輪的聲音更大聲地迴響。回過神來發現，飛揚的木屑漂浮在可爾必思上面。

「真奇怪。」

喬充滿懷疑地攪動著吸管。我們一邊小心著不要吸進木屑，默默地喝著可爾必思。

「要不要來玩愛情遊戲呢？」

為了轉移話題，我提議。

「那是什麼啊。」

那是伊莉莎白・泰勒在比佛利山莊的豪宅的庭園裡十分熱衷且喜愛的遊戲喔，難道妳不知道嗎？我在心裡呢喃。

「測試在這十二隻裡面，誰最是順從的。」

「恩。」

三人發出曖昧的聲音。

「同時放到庭院裡，誰最先爬上我的膝蓋，就是第一名。」

不到我身邊來的叛徒，就會在寵物店被替換成其他花栗鼠喔。

「說穿了，就是競爭對我的愛的遊戲。」

我在小孩房與玄關之間來回，一鼓作氣將十二個籠子搬出至庭院。察覺到不對勁的牠們害怕地緊緊抓著籠子，露出兩顆門牙。庭院和小孩房一樣，要擺放十二個籠子顯得過於狹小，但總算是擠進了南側的屋簷下方。我蹲在樹叢下、雙手提起裙襬，準備好它們隨時可以跳上來的姿勢後，朝向無事可做地站著的三人呼喚。

「讓各位久等了。準備已經完成。那麼，請打開籠子，將花栗鼠們放出來。」

三人隨意地陸續打開籠子，一開始牠們還不清楚發生了什麼事，聞著地面的味道好一陣子，直到發現擋住的鐵網不見了，便同時跑了出來。

「各位，快過來吧。」

我試著發出可愛的聲音、搖動裙襬。

十二隻都沒有發現彼此是親兄弟姐妹，對於我的呼喚也無動於衷，只看見正前方。和跑輪不同，越跑就能越往遠的地方去的不可思議讓心動搖，就連自己也已經是束手無策的樣子了。

回過神時，十二隻全都消失了蹤影。有的鑽進樹牆的縫隙裡、有的從門縫底下穿過、也有的消失在側溝的黑暗裡。無論等了多久，裙襬依舊是空的。

「到底是怎麼一回事啊。」

「妳啊，根本就不被任何人喜愛不是嗎。」

「連一隻都沒有回來喔。」

「現在，該不會已經被車子輾過了吧。」

「變成流浪貓的食物。」

「會餓死吧。」

三人越說越激動。

「妳啊，忘記小婦人俱樂部的誓言了嗎？」

瑪格向我逼進一步。

「要憐憫弱小。」

喬和貝絲異口同聲地說道。

「妳啊，完全沒有憐憫之心，不是嗎。」

「不僅如此，妳的行為真的很過分。」

「如果違背了誓言會怎麼樣，妳還記得吧。」

我避開三人的目光，磨磨蹭蹭地整理裙子來爭取時間。在茂盛的雜草的深處，好像可以聽見微弱的叫聲，但或許是幻聽也不一定。吹起了風，從空蕩蕩的籠子裡揚起的木屑飛向天際。比起違背誓言的懲罰，我更害怕的，是應該接受懲罰的那裡沒有任何變化的徵兆的這事實被三人所知道。然後，三人一定也很快地就會發現我胸前的小盒子空空如也。

指尖又開始痛了起來。這是讓腳長大的細胞在蠢動的證明。我站了起來，抓住樹叢的枝幹，開始用指尖踏步。

「妳在做什麼？」

「喚回花栗鼠的暗號？」

「還是咒語什麼的？」

我以樹根看起來最堅硬的地方為目標、拍打著腳尖。不知不覺中鞋子掉了、襪子破了，繃帶從破洞裡跑了出來。

「尼克．希爾頓……麥可．威爾丁……麥可．托德……艾迪．費舍……」

我感覺到指甲裂開，裡面柔嫩的肌膚露了出來。我也知道腳趾的骨頭從右腳的小拇指開始依序地脫臼。

「快點停止吧。」

「都流血了啦。」

「妳根本就不用那樣做，我們可是四姐妹阿。」

不管三人說什麼，我只是繼續踏步。

伊莉莎白・泰勒
Elizabeth Taylor（1932-2011）

英國倫敦出身的女演員。象徵好萊塢的巨星。代表作品有《玉女神駒》、《巨人》、《朱門巧婦》、《青樓豔妓》、《埃及豔后》、《靈慾春宵》等。一生中共與7名男性結婚8次、離婚7次。死別一次。最後一任的婚姻對象，是在藥物和酒精中毒者的治療中心相識的建築工人拉里・福坦斯基。1991年結婚，1996年離婚。最後因心臟衰竭於洛杉磯辭世。

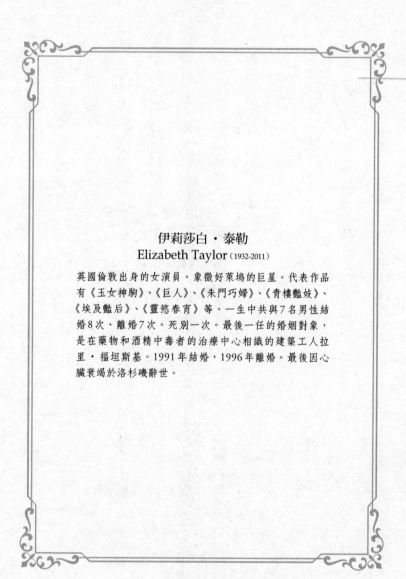

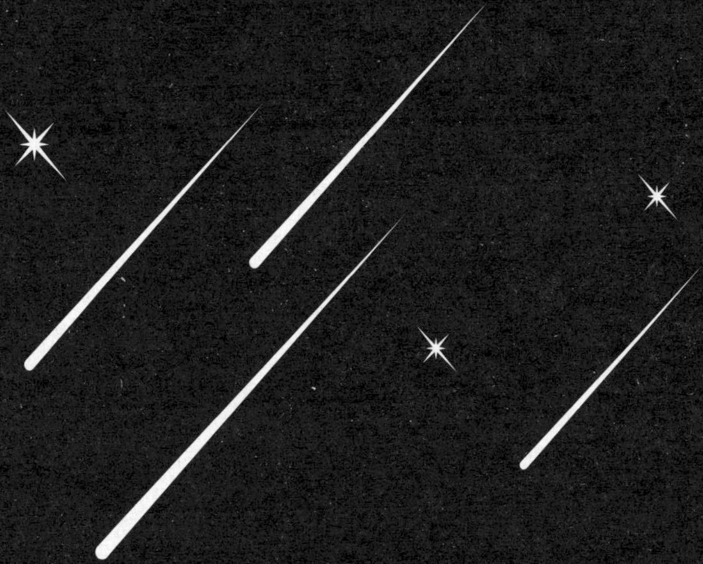

第 9 話

乖孩子，到這裡來

Come here, Good Boy Inspired by the Guinness World
Record for the World's Longese hot dog.

我們夫婦倆因為沒有孩子，於是取而代之將文鳥當作孩子一樣地寵愛。

週日下午，兩個人出門前往位於通往休憩廣場的商店街上的「賞玩用寵物專賣店」。雖然無數次從前面經過，但進到店裡還是頭一遭。這間店是由拳擊場改建而成的，堆滿到通道上，大大小小的籠子擋住了店門口，讓人分不清是否正在營業中，是一間很難說進去就進去的店。不過，那天因為有要買文鳥這個明確的目的，因此沒有躊躇的必要。為了不弄倒堆疊的籠子、小心翼翼地穿越過縫隙後，觀賞用動物們同時發出聲音、拍動翅膀、來回奔跑的喧鬧著。

店裡雖然比外面更加雜亂無章，但不愧是掛著專賣店的招牌，種類的豐富程度無可挑剔。幼犬在柵欄裡打鬧、擺動著羽毛的鸚鵡不斷重複著「請多保重」、變色龍張大眼睛四處張望。在悠游於水草之間的神仙魚隔壁、松鼠猴從鐵網的間隙裡伸出手指索討飼料、陸龜在我們的腳邊散步，大概是這個樣子。除了無所事事地垂掛在角落的拳擊沙包之外，看不到任何拳擊場的影子。

「文鳥嗎？恩，當然有啊。剛好有最近才孵化出來的新鮮貨。」

店員是個給人的感覺很好、爽朗的青年。是過去經營拳擊場的人的兒子嗎。動作輕快、胸膛厚實、從T恤的袖口可以看到結實的手臂。

「請稍等一下。哎呀，不是這個。應該是在這附近沒錯啊，那些傢伙。」

他走進店的深處，東翻西找了一陣子後，提著一個鳥籠回來。

「如何？」

青年自豪地舉起鳥籠給我們看。我被那率真的表情吸引，不自覺地點頭微笑回應，但說實話，我並不清楚那究竟是不是文鳥。

說不上大的籠子裡塞進了七、八隻鳥。有的擠在木桿上，有的擠不進去只好緊抓著籠子的鐵網。有一隻明顯小了一號的鳥，在玩水的容器裡拍動著翅膀、同時發出金屬般尖銳的叫聲。

這真的是可以被形容為可愛的生物嗎。

突然，一抹不安湧上心頭。無論哪一隻看上去都相當地不平靜，神經緊繃。身體彷彿可以輕易捏碎似的柔軟，但嘴巴卻又堅硬且凶暴，總覺得某個地方欠缺完整性。看起來像是因為某些差錯、在不完整的狀態下被生下來，就連自己也感到慌亂的樣子。

「是黑文鳥對吧。」

丈夫一副很懂的樣子說道。

「是的，沒錯。」

青年將鳥籠往這裡靠近，讓我們能更清楚地看見那些文鳥。青年的手就在我眼前。

如果眼前的年輕人是我的孩子的話，我如此這般地想像著。我假裝眺望文鳥，偷偷地看著青年。皮膚曬得很健康，笑容裡蘊藏著溫柔。不知道是因為照顧動物、或者是因為拳擊的緣故，雙手上有好幾道傷痕，但也因此看起來更加強而有力。想到體格遠比母親雄偉，甚至可以輕鬆地抱起母親的青年，過去曾經懷在自己的體內時，究竟會是怎樣的心情呢。

「要哪一隻呢？」

被青年注視的我急忙地移開了視線。

「那麼，要食慾旺盛、毛色鮮艷、色彩鮮明的……。不過，最重要的是聲音。如果連美妙的聲音都沒有的話，就稱不上是小鳥了。」

丈夫一一列出奢侈的要求。每當丈夫指著籠子，牠們便會顯得膽怯、雜亂地發出啪噠啪噠的聲音、笨手笨腳地揮舞翅膀。

「非常抱歉，牠們還太小，無法發出小鳥的鳴叫。」

青年說。

「而且現在這個階段，還無法分辨是公鳥還是母鳥。」

「公的還是母的都無所謂。」

「可是，母鳥的話是不會鳴叫的喔。」

「什麼，是這樣啊？」

丈夫不滿似的哼了一聲。

「母鳥只會發出唧、唧的斷續短音。」

無法辨別出公鳥還是母鳥，並不是身為賞玩用寵物專賣店店員的青年還不夠成熟，而是文鳥本身的問題，望著拳擊沙包，我無聲地呢喃。

最後，將性別的問題交由命運決定，選了青年將手伸進籠子裡時，最先來到手指上的那一隻。

「不會怕人的才是最好養的。」

馬上有一隻文鳥停在手掌上，彎著小小的脖子，開始用嘴啄著中指關節的凹陷處。

「乖孩子，到這裡來。」

沒有任何聲音更能夠安撫比自己弱小的事物，並且加以關愛。用來捧著一隻小鳥，他的手掌有著足夠的大小和柔軟。文鳥輕輕鬆鬆地被抱在手心裡，只有頭部從食指圍成的圓圈裡面伸了出來，不知道自己發生了什麼事、只是將黑色的眼睛睜得大大的。

「請好好疼愛牠。」

青年說。

我們將那個孩子裝進狗用潔牙骨的空箱子裡，帶回家裡去。途中，連一點聲音也沒有，相當地聽話。

「是不是死掉了啊？」

如此說著的丈夫，好幾次從箱子的縫隙往裡面看。

只是多了一個極微小的生物，家裡的氛圍就有了驚人的變化。文鳥就在身旁。

無數次，我們無法不去確認這個事實。無論是早上匆忙準備去上班的時候、吃飯的時候、坐在沙發上看書或是玩撲克牌的時候，我們心中的某個部分都和文鳥在一起。每當鳥籠映照在視線的角落，就能感受到在小鳥形狀的形體之中，有著和我們不同的節奏在鼓動且蘊藏著符合它的大小的溫暖，為此感到不可思議。話說回來，想出飼養文鳥這個主意的究竟是誰，雖然想不起來，但那個問題已經不重要了。兩個人都很滿足於自己所做的決定。

鳥籠放在客廳裡向東的對外窗。陽光充足、玻璃映照著庭院的綠意，還能近距離的聽見野鳥的聲音。對於文鳥來說，沒有比這裡更適合的地點了。

「吶，你看。頭上的兩種色調。黑色和白色的分配是不是非常絕妙？畫出這道界線的究竟是誰呢。」

「這傢伙沒有眼瞼呢。」

「不過眼睛周圍倒是很別緻。邊緣有一圈紅色的顆粒。就像是埋進了紅色的眼淚一樣。」

「嘴的根部有兩個孔洞。」

「照射到光線時，爪子裡會呈現半透明狀態。可以看到淺桃紅色的血管。」

「肛門被尾羽擋住，看不到阿。」

「沒有飛翔時的羽毛，仔細看的話就會明白，是有相當機能性地被收納起來。角度一定經過計算吧。」

「再怎麼說，腳不會過細了嗎？」

「那是為了飛翔而追求減輕重量的結果喔。這就是終極的型態。」

「這麼說，裡面是空洞囉。」

「我最喜歡的是腹部的白毛。怎麼會如此光滑呢。白的像是尚未碰觸到世界上任何污穢一樣。和小時候奶奶經常給我的薄荷糖很像。雖然我並沒有特別喜歡就是了。鼓鼓的形狀就和文鳥的腹部一樣、帶有光澤、怎麼嚼都不會斷。」

我們靠在對外窗旁邊，不停地聊著文鳥的事情。我們窺探著鳥籠，彷彿在比賽誰能發現比較多文鳥的隱藏特徵似的。每天早上，將飼料跟水換新，清理糞便和更換墊子雖然有點麻煩，不過進行工作時可以看到文鳥意想不到的動作而樂在其中，因此完全不覺得辛苦。就算對外窗老是因為飼料的殼和脫落的羽毛而顯得髒亂時，這不就是生命存在的證明嗎，也能這麼想而不拘小節地視而不見。

這段期間文鳥逐漸地成長。

那個時刻的到來，是我們在床上，仍在半睡半醒之間飄蕩的時候。從窗簾射進來的陽光還很微弱。一開始兩個人都不知道發生了什麼事情。像是無法想像外型的樂器所發出的聲音，也像是年幼的孩子偷偷地練習吹口哨的聲音。原本以為是幻聽，但音量逐漸地變大、以無法忽視的確切存在開始振動空氣。

「什麼聲音？」

「我也不知道。」

隨著眼睛徹底地清醒，我們同時有了相同的確信。文鳥正在鳴叫。這隻文鳥原來是公鳥。

從那天開始，彷彿喉嚨的瓶塞啵地一聲被拔起來似的，始終鳴叫個不停。剛開始殘留的那一絲絲不熟練很快地消失，技術一天比一天進步，接近了完成型。他對練習孜孜不倦。我們能清楚感受到牠的進步，音色的透亮程度逐漸地增加，節奏變得輕快，旋律的組合也變得複雜。

「你聽。」

只要第一個音發出，我們便會將目光望去，無論正在做什麼都會停下手、豎耳傾聽。能夠陶醉在那美妙的鳴叫，都要感謝我們幸運地抽中了公鳥。

即使歌聲已到達頂點，他也沒有因此感到滿足。為了維持水平，或是為了陶醉於自己的歌聲，從太陽升起到日落為止持續地鳴叫。不知不覺中，對於每次投射目光和表達感謝，已經力不從心了。話雖如此，當牠以較長的一口氣，唱出包含了序曲和高潮和尾聲、蘊藏技巧的特別曲目時，就會給牠小松菜的葉子作為獎賞。牠會用嘴叼著、得意地搖晃葉子，同時在木桿上左右跳躍。

丈夫上大夜班不回家的週六下午，我前往「賞玩用寵物專賣店」的門前。入口一如往常地雜亂，籠子變成了要塞，擋住了去路。我伸長了脖子，但映入眼簾的只有日光燈微弱且模糊光線以及從天花板垂吊而下的拳擊沙包，不見青年的身影。飼料還剩下很多。不過就算沒有特別要買的東西，也不需猶豫是否該進入店裡才對，我對自己說。果不其然，當我往入口靠近時，雪貂、虎皮鸚鵡和鼴鼠便開始騷動。感到害怕的我後退了一步。即便只是來告知文鳥是公的，也足夠成為來店裡的理由，不是嗎。青年要是知道的話也應該會感到高興才對。因為那個時候，是他親手從籠子裡的好幾隻文鳥中，選中我們所期望的，而且歌藝超群的公鳥。

「乖孩子，到這裡來。」

突然間，回想起青年的聲音。那個聲音，就算不是文鳥，只要被那麼說，任誰都會毫不猶豫地想要交出自己。在青年的手中，文鳥是完全放心的。黑色的眼睛裡，浮現出只要能夠像這樣一直在這裡的話，就別無所求的表情。

「乖孩子，到這裡來。」

是否要推開入口的拉門，我拖拖拉拉地猶豫著。動物們覺得我很可疑，發出了更大的警戒聲。要是青年能因為這個騷動而注意到我，帶著爽朗的微笑，為我打開入口就太好了。許許多多的人在商店街穿梭。在休憩的廣場上玩耍的孩子們的歡樂的聲音，從遠方傳進耳裡。可是充斥在我四周的，只有動物們的聲音。

抬頭望著「賞玩用寵物專賣店」有些髒汙的招牌的同時，我再次沉浸於在買文鳥時突然湧上心頭，如果這個青年是自己的孩子的想像之中。像是將全身收進他的手掌心、收起翅膀的文鳥一樣，縮著身子、屏住氣息、感受著他的體溫。但無論怎麼等，入口都沒有打開。

我們漸漸地習慣了有文鳥的生活。可以毫無遺漏地將他的特徵全部列舉出來，無論如何地將文字排列組合，要展開新的局面已經變得困難。另一方面，鳴叫持續維持著最佳狀態，看不出走下坡的樣子。甚至可以說美妙的歌聲已經變成了理所當然。任誰也無法打破，如同石板一般的事實。狂熱的時代過去，安定的時代到來。

在美妙成為理所當然的同時，開始出現了一些不便。早晨的鳴叫妨礙了睡眠。隨著夏至的接近，陽光照射到向東的對外窗上的時間也越來越早。在清爽的陽光中，鳴叫聲比平常更加劇烈地迴響在房間裡的每個角落。

一開始，心想如果可以的話，由對方的口中說出決定性的話語會比較輕鬆，因此假裝對於鳴叫一點也不在意。躲進棉被裡、緊閉雙眼，裝作就好像是還沒醒過來一樣。可是，沒想到很快地就超過了忍耐的極限。

「好吵。」

先開口說出這句話的是丈夫。

「難道就不能保持安靜嗎。」

「只是個天真的孩子……」

「西方人會把無故亂叫的狗的聲帶切除。」

「那麼小的身體，聲帶在哪裡呢？」

「到底是為什麼，需要一整天叫個不停呢？」

「為了愛啊。」

「愛？」

「那是在求愛啊。」

「還真是搞不懂。」

為了讓他產生仍是晚上的錯覺，我們決定用布將鳥籠蓋起來，遮住陽光。具有不透光的深色和厚度，而且大小能夠沒有縫隙完整地包覆鳥籠的布，感覺應該很好找，但實際上卻找不到。當我們穿著睡衣，揉著睡眠不足的眼睛，在家裡四處尋找的時候，他一如往常地持續表演著美妙的歌聲。

結果，能夠勉為其難滿足那個條件的是丈夫的工作服。那是丈夫在工廠裡穿著的、質料粗糙且僵硬的連身服。從公司配給的工作服裡，選了一件最舊的、四處脫線、腰圍變得過緊的工作服。原本的深綠色，因為吸收了汗水和機油，而帶有陰鬱的色調。

那麼做明明不會造成任何抵抗，但當工作服靠近時，文鳥在籠子裡來回飛舞、抓住鐵網、用嘴巴咬著鐵絲。掉落的羽毛散落一地。

將工作服腹部的部分放在籠子的頂端，胸部的部分往前側，臀部的部分往後側垂下，以雙手和雙腳的部分蓋住側面的上方和下方後，再以多餘的部分塞住縫隙。非常完美。沒有一絲光線可以照射進去的餘地。

文鳥立刻安靜了下來。感覺不到拍動翅膀的樣子，鳴叫也停止了。工作服達成了我們所期望的目的。充滿汗水和油的味道的丈夫的全身，將文鳥整個蓋住，不由分說地以雙手雙腳上下左右地綑綁。

「哎呀。」

某一方無意中嘆了一口氣。鳴叫消失的房間，彷彿空氣流通似的變得空空蕩蕩。為了確認這麼一來是否他便不再鳴叫，我們屏住氣息，在對外窗的旁邊待了一陣子。我們充分可以接受的寂靜持續著。

「是不是死掉了啊？」

我制止了試圖從工作服的縫隙中窺視的丈夫，總之為了再睡一下而回到了床上。

在我們想出晚上睡前以工作服蓋住籠子，早上起床後拿掉的方法，確保了睡眠時間以後，平和的時光又回來了。剛好我們的工作也進入了繁忙的時期，每天早上籠子的打理開始變成了兩天一次，甚至三天一次，但也沒有產生什麼大問題。墊子上的鳥糞經過時間會變乾，反而更好清理，水直到變得混濁為止，可以撐上四天。同時也發現，即使一次加入一個禮拜份量的飼料也沒有問題。

丈夫上夜班的日子，我會前往商店街。有時會在那間商店購買飼料和墊子，有時也會在籠子的要塞前發呆一陣子。又或者有時鼓起勇氣走進店裡，卻想不到任何一樣要買的東西，只好看著拳擊沙包，同時豎起耳朵聆聽少年的聲音。

「乖孩子，到這裡來。」

能夠聽到這句經典台詞的機會並不多。除了與賞玩用寵物接觸之外，他默默地進行著單純的作業和事務工作的時間，比我想像中還要多上許多。在垂吊著拳擊沙包的角落，想要聽清楚他的聲音，滿是生物的店裡實在是太吵了。

但是我並沒有因此感到失望。從音調到強弱的比例、從斷句的方式到呼吸的方馬，我的鼓膜已正確地刻上了他的那一句話。在我喜歡的時候，只要喚起那一句話便已足夠。

拳擊沙包上有著各式各樣的傷痕和汗垢。皮革磨損而起毛的地方、銳利的割傷、發黑的血跡、原因不明的污漬。彼此互相纏繞，描繪出複雜的模樣。比起拳擊場的經營者、比起青年，我想我一定更加地了解這個拳擊沙包。只要將臉稍微靠近，就可以知道在那個深處裡，封存了年輕肉體的味道。那是一種無法與動物們發出的體臭加以區別、原始的味道。

彷彿像是要觸碰包住文鳥的青年的手似的，我將手伸向了拳擊沙包。小貓就在我身旁吐著毛球，松鼠猴喀茲喀茲地搖晃著鐵網，賣剩下來的文鳥爭先恐後地鳴囀。

從「賞玩用寵物專賣店」回家的途中，我多半都會繞過去休憩的廣場。廣場裡有池塘、網球場、噴水池、木造的遊樂設施，總是有滿滿的孩子。坐在樹蔭下的長椅上、眺望著那些孩子，時間一轉眼就過去了。與母親同行的嬰兒、保姆所帶領的集團、放學後的小學生們、垂吊在單槓上的女孩子、將穿著尿布而鼓鼓的臀部對著噴水的幼兒、把小石頭丟進池塘裡的少年、跌倒的孩子、癲癇發作的孩子、跳著舞的孩子……。這裡網羅了各種類型的孩子。幾乎有種世界上任何人的孩子都可以從這裡頭找出來的錯覺。

孩子們的聲音混雜在一起、融合成一體，在我的頭上形成了漩渦。無止無盡的開朗且沒有段落、充滿精力。和文鳥的鳴叫一樣。

我在廣場裡尋找著「賞玩用寵物專賣店」的青年身影。不滿一歲的他。開始學會說話的他。爬樹的他。安慰哭泣朋友的他。我慎重地將目光看向廣場的每一個地方、凝視每一個人。網球場的柵欄旁邊、浮在池塘裡的小島、公共廁所的背面。究竟躲藏在哪裡呢，千萬不可大意。所謂的孩子就是那個樣子。無論何時，他們都能躲進我無法預料到的狹小縫隙裡。

笑起來的時候的眼角是不是很像呢。攀爬樹木的手腕，早已具備了打拳擊沙包的強勁力道不是嗎。能夠那樣去安慰某個人的孩子，應該也會對文鳥很溫柔吧……，我心想。

隨著天色變暗，孩子們陸陸續續地離開了廣場。剛剛明明還玩得如此忘我，現在卻沒有任何捨不得地，牽著母親、保姆、朋友等某人的手，用確信有比廣場更快樂的地方在等待著一般的腳步，朝某個地方離去。

「乖孩子，到這裡來。」

我這般呢喃，悄悄地伸出了手。我的雙手握住的，只有逐漸失去光明的空虛。

這個時候，又有了一個新的問題。文鳥的指甲長得太長，導致無法順利地停在木桿上。好幾次嘗試飛上去，卻因為過長而彎曲的指甲阻礙，無法保持平衡。即便如此，或許是相信在木桿上比較安全吧，就算是呈現將腳蜷起、身體傾斜的狀態，還是想盡辦法要抓住。

「看來不剪不行了。」

「該怎麼做呢。」

「用指甲剪啊。」

「去剪那麼小的指甲?」

「沒錯。如果你可以幫我抓住,我就可以剪。」

「天啊。」

「就像店裡的人那樣子,悄悄地抓住。」

丈夫抖得很厲害。仔細想想,我們從來沒有直接碰觸過文鳥。無論是分成兩個色調的頭、如同薄荷糖的腹部、細到不行的腳,都不知道是什麼樣的觸感。當丈夫將手腕前方伸進籠子裡時,文鳥前所未見的、激動地拍打翅膀表示抗議,只要手稍稍碰觸到羽毛,文鳥便會轉過頭來用嘴巴攻擊。

除了讓文鳥受到驚嚇外,丈夫的手完全沒有幫上任何忙。在來回逃竄之中,不知道是否因為勾到了鐵網,兩隻腳合計共有八片指甲當中,有一半、也就是四片從根部脫落。

「這樣不是剛好嗎。」

丈夫說。

「剩下的之後也會自然脫落吧。」

但是顯而易見地，事態並不尋常。文鳥將身體靠在玩水用的容器上、蜷曲在籠子的角落。幾乎可以說是就連拍打翅膀的體力和執著於木桿上的力氣都沒有的樣子。看不見摺疊在薄荷糖般的身軀裡的兩隻腳、蓬鬆的羽毛微微地顫抖著。當文鳥蠢動，試圖變換姿勢的時候，隱約可以看到指甲脫落的腳趾，邊緣的部分腫了起來、深處有著無依無靠的洞。我試著將小松菜的葉子拿到文鳥的嘴巴前面，心想或多或少可以構成安慰。文鳥完全視而不見。

雖然文鳥應該連鳴叫的體力都沒有了才對，我們還是按照習慣，在鳥籠上蓋上工作服後才去睡覺。

脫落的指甲再也沒有長回來。腳趾上的洞依舊看起來像個微暗的空洞。最後，剩下的指甲也一根接著一根耗盡了力氣。所有的指甲都脫落的話，會不會反而比較平衡，但我們的臆測似乎不太正確。一邊四個、合計八個洞的腳看上去就很可憐，令人憂心。起初因化膿而潮濕的指甲邊緣隨著乾燥而變色、痙攣，彷彿洞窟的入口似的變得凹凸不平。頭頂至背部的黑毛變色成斑點，與臉頰的白色之間的界線變得模糊，自豪的薄荷糖也失去了光澤。

讓人心想再這樣下去連形體都會不見吧，羽毛大量地掉落，積在對外窗上。一不小心吸了口氣的話，飛起來的羽毛便會沾到嘴巴上。每當那種時候，我們會說「嘖」、同時將被口水沾溼的羽毛撥掉、揉成一團後扔在附近。

結果再也聽不見鳴叫了。有時，文鳥會將嘴巴伸向上方、擺動脖子、一副好像要唱歌的樣子，但卻只是不停發出嘎、嘎的混濁聲音。那個聲音迴盪在腳上的洞窟裡，變成永遠不會消失的餘韻，侵蝕著我們的鼓膜。果然還是需要工作服。

終於，每天早上從籠子上拿掉工作服，成為了萬劫不復的事情。比如說眼睛的周圍完全地暗沉凹陷，墊子上沾染土黃色的體液，一夜之間進行的某種變化映入眼簾的時候，果然還是會感到痛苦。明明是一瞬間就能完成的事情，但該由哪一方來做，在我們之間產生了拉扯。每天早上都在思考到底該如何做，才能讓情況變成無論對方是否願意都必須去做。洗碗盤時故意發出聲響、口紅塗得比平常更濃、在月曆上寫著沒有意義的記號。彈手指、清喉嚨、咬指甲。

我們總算想到了最簡單的解決辦法。那就是決定將工作服一直蓋在籠子上。

丈夫上夜班的那天，「賞玩用寵物專賣店」罕見地公休。要塞上的動物們一如往常地蠢動，不過因為入口上貼著「今日下午，因參加活動而暫停營業」，所以我才知道。

不得已只好直接前往休憩的廣場。從穿過商店街開始，就能感受到廣場比平常更加地熱鬧。流淌著歡快的音樂、麥克風的聲音斷斷續續地乘風而來，棚子沿著網球場的柵欄連成一排。還可以看見以銀絲緞帶和人造花裝飾的手工拱門以及五顏六色的氣球。

從來沒有見過這麼多的孩子們聚集在廣場上。孩子們對於說不上來的特別氛圍感到興奮、完全待不住似地跑來跑去、發出奇特的聲音。剛好有一張長椅空著，我坐了下來。各種年齡用的、雙胞胎用的、簡易型、新型、高級品、廉價品等，各式各樣的嬰兒車在附近一字排開。也有總是由保姆推著的特製搖籃車。嬰兒車的手把上掛著玩具，鋪著縫有布徽章的小毯子，展現出各自的性格。所有的嬰兒車裡面都是空的。

那是晴空萬里、舒適的初夏午後。隨著風向的改變，音樂和麥克風的聲音和孩子們的喧鬧聲混雜在一起，彷彿海浪似的忽近忽遠。氣球和從棚子之間冒出的煙也隨之搖擺。

聞到某種食物燒焦的味道。一股令人難受、胸口灼熱的味道。尋找「賞玩用寵物專賣店」青年的美妙時光被如此嘈雜的氛圍所破壞，雖然有些出乎意料，不過也正因為這樣，才會有這麼多孩子聚集於此，我這麼安慰自己。我一如往常地靠在長椅的椅背上，手指交疊在膝蓋上，在眩目的光線中，用眼睛搜尋男子的身影。

一陣熱烈的歡呼聲和掌聲響起。麥克風始終吶喊著什麼，卻總隨風而逝，那些話語的意思就連一句也沒聽懂。在大人之間穿梭、跳躍、旋轉的孩子們，興奮的心情終於來到了頂點。陽光下的銀絲緞帶閃閃發亮，煙霧被吸往天空的高處，而嬰兒車一心一意地等待著孩子們歸來。

「不好意思，可以打擾一下嗎？」

突然，某個不認識的人對我說話。是個穿著圍裙、戴著料理用橡膠手套的年輕女子。

「要不要買一份熱狗呢？」

她的手上握著一份熱狗。

「我們挑戰了世界最長的熱狗的金氏世界紀錄。賣出熱狗的收入，將會捐獻給世界上需要幫助的孩子，希望您幫忙。」

我不發一語地付了錢。

「雖然在夾進麵包裡的時候熱狗斷掉了，沒能達成新紀錄。」

女子留下這句話後便離開了。

熱狗早就冷掉了。麵包吸附了熱狗的油脂而黏糊，番茄醬看起來就好像有毒一樣。吃了一口後，便把剩下的丟到長椅下方，用鞋子踐踏。轉眼間，那份熱狗就變得和被工作服捲起來的文鳥一樣醜陋不堪。

我馬上抓住離我最近的一台嬰兒車的握把，推著它離開廣場。水藍色毛巾材質的企鵝布偶、捲成一團的小方巾、奶嘴在嬰兒車裡顛簸。格紋的坐墊上留有吐奶的痕跡。嬰兒車比想像中還重、喀噠喀噠地發出不悅耳的聲音。但我毫不在乎地穿過商店街的正中央。沒有任何人回頭看我。『賞玩用寵物專賣店』的門前、它們一如往常地喧鬧著。

我專注地推著空的嬰兒車，朝著文鳥等待著的家前進。

世界最長的熱狗
the Guinness World Record for the world's longest hot dog

203.8公尺。2011年7月15日在巴拉圭的馬里亞諾羅克阿隆索被做出。尺寸是普通熱狗的1132倍。根據金氏世界紀錄的認定標準，如果熱狗在中途斷掉的話便會失去資格。

第 10 話

十三名兄弟姐妹

The Thirteenth Brother
In the memory of Tomitaro Makino

父親在十三名兄弟姐妹中，從上面數來是第八，還是第九名左右。就連他自己也時常搞混，數字上產生誤差是常有的事。不過，人數這麼多的話，些微的差異似乎並不會造成太大的問題，因此本人也沒有任何拘泥。

在當時，子女多的家庭雖然不罕見，不過十三名的數量仍然傲稱町內第一。而且沒有繼子或是養子等不正規的伎倆。貨真價實，全部都是祖母一個人所生下的孩子。

「沒有餓死任何一個。不僅全部養大，還讓他們都讀到大學。」

祖母為此感到自豪。對面照相館的長男戰死、二女兒感染結核，轉角的外送餐館的最小的孩子死產，後巷的牙醫的兒子在河裡溺死……。只要講到這個話題，祖母必定會列舉出同個町內各家死去的孩子，說著「唉，真是可憐啊」，同時彷彿重新感謝自己的幸運似的、對著上天雙手合十。

任職於紡織工廠的祖父，在見證了第十三名孩子出生的幾年後，因為肝臟的疾病，平和地離開了人世。留下來的祖母在縣公所的商店找到一份工作，靠著遺族年金和副業的微薄收入，勉強支撐著孩子們的生活。那時，雖然年紀較長的幾個孩子已經離開家裡獨立生活，但剩下一半以上的孩子仍是需要繳學費的年齡。

「到底是怎麼湊合過來的呢。」

想起當時的家計，祖母屈指，臉上浮現至今仍然覺得相當不可思議的表情。

「註冊費加上學費、制服費、社團活動費和遠足費、牙齒矯正加上才藝班……。無論想幾次都不夠的錢，為何能夠船到橋頭自然直，真是太幸運了。」

對於祖母而言，金錢的問題也是需要感謝上天的重要項目之一。

當我開始懂事的時候，祖母已結束長久以來的育兒生活，享受著餘生。孩子們各自有了工作、找到伴侶而離家生活，當時還留在家裡的，只剩下孩子裡年紀最小的叔叔一人。

在數不清的叔父叔母、堂兄弟姐妹、姪子姪女之中，我和這位叔叔的感情最為要好。他有著讓人無法聯想和父親具有血緣關係的帥氣外表、挺拔的身高，以及讓人心動的中音。或許因為他是唯一的單身，也似乎沒有離開老家的打算，因此總是被所有人當作無法獨當一面、愛撒嬌的孩子來對待，且不是以名字，而是以像是「小男孩」或「小鬼頭」或「小個子」之類的稱呼來叫他。他本人似乎也懂得這個分寸，在親戚聚會的場合，不會成為話題的主角或是做出醒目的事情，而是配合著最年幼的身分坐在下位，開心且不多話地與大家相處。

事實上，對於這位叔叔，只有我用著自己想出來的，某個特別的稱呼來叫他。

「長官[3]叔叔。」

只要這樣叫他，他的臉上便會浮現出非常高興，終於有人認為他能獨當一面而感到安心的笑容。每當我有事情拜託叔叔的時候，即便像是解開打結的翻花繩這種微不足道的請求，叔父也會端正姿勢，說「遵命，長官！[4]」並且敬禮。那是讓小女孩有種成為將軍或是總統的心情、精神抖擻又帥氣的敬禮。我特別喜歡在最後說出長官的那個瞬間、中指的指尖啪的一聲翻轉過來的部分。不過，眼睛某處若隱若現的戲謔神情，讓叔叔的臉看起來更加地柔和。

「好，就把這個當作只屬於我們兩人的秘密稱呼吧。」

叔叔說。

「我知道了。」

我立即同意。

「絕對不可以讓其他人聽到這個名字。沒問題吧。」

我點頭。

「萬一被聽到的話呢？」

3. 長官：這裡指英語的 sir

4. 這裡指英語的 aye-aye, sir

「嗯……如果是那樣的話……」

叔叔清了一次喉嚨後回答。

「兩人的友情魔法就會解除。然後我就再也不聆聽妳的請求。」

叔叔的語氣裡充滿著遺憾。

「那可不行。」

我不禁大聲說道，然後急忙地用雙手摀住嘴巴。因為我非常清楚，無論何時何地，叔叔都會實現我的請求。

「我一定會小心。用只有叔叔聽得到的聲音，這樣子稱呼你。」

彷彿守護放進小盒子裡的寶物似的，我對著覆蓋在嘴上的掌心，輕輕呢喃「長官叔叔」。叔叔將一邊的耳朵靠過來，說「嗯，聽得見」然後點頭。就這樣，我們兩人之間的約定正式成立。

因為祖母家就在附近，我經常在放學回家途中或是假日去那裡玩。那間屋子建在舊路上最裡面的一角，除了老舊，加上為了配合孩子的增加而沒有計畫性地重複擴建，變成了到處都是高低落差的奇怪構造。說不出來通往何處的狹窄走廊、面向後方水渠的半地下洗衣間、位於垂直的梯子上方的閣樓房間、環繞中庭連結成為一個圓的客廳、磁磚打造的冰冷廚房、陽光照不進來的二樓大廳、材質和大小皆不同的各種門……。這些那些雜亂無章地，任意地被組合在一起。以兩人居住來說，空間明顯地過大，同時也具有危險，因此兄弟姐妹之中好幾次提出了重建的提案，但因為人數眾多，到頭來總是沒有結論。最後，那間屋子就一直以原來的樣子被留了下來。

當然，隨著孩子一個一個地離開，家裡的空房間越來越多。伴隨而來的沒有用的東西，全部都被塞進了三樓的閣樓房間。那裡曾是孩子們的遊戲室。那是祖父為了儘量維持生活空間中的秩序，試著隔離出一個可以盡情地發散精力的地方，而硬是挖掘出的空間。天花板很低、地板沙沙的都是灰塵、陽光從打不開的窗戶照射進來。每天一定有某個人的頭撞到梁柱而腫一個包，而當有人來回奔跑時，揚起的塵埃在光線下閃耀，十分地美麗……。忘了是什麼時候，長官叔叔曾如此告訴我。

叔叔扛著書桌、一疊參考書、塞滿舊衣服的紙箱等爬上梯子，移開天花板，將那些物品搬上三樓。梯子不僅陡峭且腐朽，加上物品又很重，在梯子上也很難保持平衡，我不禁冷汗直流。要不要我來幫忙，即便我這麼說，叔叔也只是以一副沒事的表情，陸續將哥哥姐姐們留下的足跡收藏了起來。

腰腿不好的祖母早已被禁止靠近梯子。也就是說，能夠正確地掌握從前的遊戲室的現狀的、只有長官叔叔一人。與逐漸被塞滿的三樓形成反比，下方的樓層充滿著餘白和寂靜。

祖母的身形比十三名子女都來得嬌小。纖細的腰部找不到一絲多餘的脂肪，讓人不禁心想寶寶究竟是待在這肚子裡的什麼地方，而感到不可思議。彷彿完成任務後開始準備退場似的，脊椎萎縮、從腰部開始變得彎曲。

即便如此，祖母也沒有改變早已養成的習慣，從這裡到那裡、從那裡到這裡地在空蕩蕩的房間裡來回走動，擦拭並沒有很髒的窗戶，修補窗簾的破洞。注視著自己腳下，在空白之中無聲漂蕩的祖母背影，看起來更顯嬌小。為了不妨礙到祖母，長官叔叔總是靜靜地在守在她的身旁。

明明現在已經可以隨心所欲地使用空房間，但長官叔叔卻還是持續使用著最年幼時期被分配的，在小孩房裡最狹窄又陰暗的那個房間。但那充其量不過是位於二樓的西北方的角落，在擴建途中偶然形成的空洞罷了。細長的小房間，光是床和書桌就填滿了整個空間。只有換氣用的小窗、壁紙發霉、天花板上有蜘蛛網。

任職於城壁公園管理事務所的叔叔，工作時間似乎很彈性，平日下午也經常出現在家裡，陪我一起玩。

「那個，長官叔叔不會害怕蜘蛛嗎？」

關於這點，我一直抱持著尊敬的念頭。叔叔從來不打算清掃蜘蛛的巢。不知何時，或許蜘蛛們也發現到那個小房間是安全的，蜘蛛巢的勢力不斷地擴張。

「晚上睡覺的時候，如果蜘蛛唰地一聲垂降到臉上的話該怎麼辦？」

「十分歡迎喔。」

「真的很有勇氣呢，長官叔叔。」

由於只有兩人在小房間裡獨處，因此可以不用顧慮周遭情況、安心地使用這個稱呼。

「妳不知道嗎？蜘蛛的巢，是從宇宙寄來的信。」

叔叔說。

「啊、真的嗎？」

「用蜘蛛絲的圖案，把它變成了暗號。因為我們和宇宙人語言不通阿。」

「寫了些什麼呢？比如說、這個。」

我指著房間裡最大、幾乎要垂下來的巢說。

「解讀似乎還需要一些時間喔。要儘可能地收集大量的巢、詳細地進行分析、剖析出文法才行。」

「我想要更靠近地看。」

我蹦蹦地跳躍。

「遵命，長官！」

叔叔將我抱起、讓我坐在他的肩膀上。由於動作實在太過於敏捷，我幾乎連搞清楚自己的身體發生了什麼事情的機會都沒有。回過神時，我已經遠離地板，看世界的角度轉眼間產生了變化。就連在這麼小的房間裡，都能有種彷彿靠近天空似的暢快。我的雙腳懸浮在空中、明明應該感到無助才對，不過腰部被可靠的雙手保護著，叔叔的體溫透過大腿傳來。

近距離觀察，蜘蛛的巢確實比我想得還要纖細且富有深度，而且還很美。各種形狀組合而成的圖形，瀰漫一股隱藏著神祕規則的氛圍。

「蜘蛛呢？」

「正在別的地方寫新的信喔。」

當我們開口說話，蜘蛛的巢顯得搖搖欲墜。彷彿信件的寄件者無聲地回應著似的。從窗戶透進來的微弱光線，穿過一根又一根的絲。

「可不可以也到我的房間來呢。」

「很遺憾，並不是所有人都可以的。能夠收到信的人，已經事先標有記號。喏，妳看。」

叔叔將我從肩膀上放下來，翻開襯衫的領口。

「這裡有三顆形成等邊三角形的痣。這個就是記號。」

鎖骨凹陷的地方，確實有三顆大小相同的痣，排列成三角形。

「真的耶。我可以摸嗎？」

叔叔的鎖骨很光滑。

「如果我也有該有多好。」

我在視線所及的範圍四處尋找，但到處都沒有像那樣的痣。

「也可能某天就有了，還是留意點比較好喔。」

在那之後好一陣子，每當我換衣服和洗澡的時候，一定會用鏡子仔細地檢查全身。只要發現「這個該不會是」的徵兆，就會立刻請長官叔叔幫我看，但結果總是與期待背道而馳。有的只是單純的色素斑，有的要說它是三角形也過於牽強。

「不必感到失望喔。就快了、就快了。」

叔叔安慰著我說。

尋找記號的行為，一直持續到在學校學到了等邊三角形的定義為止。那個時候我的身高對於坐在肩膀上來說已經太高了。雖然不知不覺中已明白自己不可能被選為信件的解讀者，但在叔叔面前我還是持續假裝不死心的樣子。我們一起看著蜘蛛的巢點頭說「嗯嗯」，相視而笑。

一年一次，十三名兄弟姐妹在八月的盂蘭盆節時，會全數聚集在祖母家。藉此機會，這也是祖母一年之中最充滿幹勁的日子。各自的配偶和孩子以及孩子的孩子全部加在一起的話，家裡馬上就擠得水洩不通。究竟總共有多少人、彼此之間是什麼關係，沒有人能夠正確地掌握。

祖母在家裡來回奔走，一手包辦所有大小事。在食物的準備上尤其驚人。早、中、晚。點心、零食加上宵夜。無論何時都有人想要吃東西。平時空蕩冷清的廚房，被以祖母為首的料理隊成員所佔據，收在櫥櫃深處的鍋子和餐具陸續出動，瓦斯爐的火完全沒有喘息的時間，水蒸氣和汗水和熱氣讓人快要喘不過氣。水煮玉米、炸蝦天婦羅、煎牛肉。有人拉掉豌豆絲、有人捲壽司、有人將寒天泡進水裡。

同個時間，孩子們完全耐不住性子，腳步聲、奇怪的聲音、哭聲響徹整間屋子。大人們則是享受著永無止盡的聊天。打撲克牌、玩水、看電視、打西瓜、睡午覺、吉他演奏、扭打、唱卡拉OK、爬樹……。想得到的各種喧囂支配著整個家。沒有被那些喧囂入侵的，只有閣樓房間的遊戲室以及長官叔叔的小房間。

叔叔輕快地穿梭在混亂的家中，遇到有困難的人就出手相助，看見正在找東西的人就指出它的位置，加入對話的一角時就用附和與微笑來炒熱氣氛。由於叔叔的每個動作都像是若無其事一樣，十分興奮、滿腦子都是自己的事的所有人，沒有道謝，也沒有加以理睬。即便如此，叔叔的臉上也沒有一絲不悅。由於長年以來都是最年幼的孩子，看起來相當習慣於符合最年幼孩子的行為舉止的樣子。

雖然沒有任何一方這麼說，但我們將平常的好交情封印起來，故意表現出客套的態度。因為如果我一個不小心用「長官叔叔」叫他的話，傳進某個人耳裡的危險性實在太高了。不過，叔叔偶爾會對我使個眼色，讓我感到安心。即使我被堂兄弟姐妹們排擠，但我可以確定我有真正的夥伴。

趁著廚房裡的工作的空檔，祖母在面向中庭的屋簷下走廊放了一個台子，準備迎祖先的裝飾。不知道為什麼，向來篤信宗教的祖母，唯獨關於這個裝飾，不會遵循胡瓜馬、茄子牛等傳統，而是堅持以獨自的方式。

「那是因為，飛機比馬還要更快不是嗎？」

祖母說，同時將剛好可以收進手掌正中央，小小的飛機玩具擺在台子上。那是為了這天努力地買牛奶糖才收集到的贈品。

「一定要用最快的交通工具回來這裡才行。」

「沒錯。」

我回答。

「如果騎馬的話，會等到不耐煩喔。」

然後，為了讓祖先們慢慢地回到那個世界的交通工具，則是三輪車。

「牛的話騎起來不舒服。」

那口氣聽起來像是以前曾經因為騎牛而發生過慘事似的。

「因為三輪車的輪子很小。無論怎麼踩，也只會前進一點點。如此一來，就能夠目送他們的背影久一點了。」

「恩。」

我點頭。

不可思議地，沒有任何人靠近台子的裝飾。當我們兩人臉頰貼近，偷偷注視著台子的時候，感覺縈繞在家裡的喧囂也遠離到某個地方去了。雖說是牛奶糖的贈品，但無論是三輪車或是飛機都做的很好。車輪和方向盤都會動，螺旋槳可以旋轉，機翼是映照在天空裡的銀色。祖母用食指和拇指抓住機身讓飛機滑行、從台子的邊緣起飛。有時祖母會說「噗」，同時轉動螺旋槳，讓飛機在灑落於中庭的陽光中上升，把手伸到最長，在頭上來回地盤旋。祖母的指尖閃耀著銀色的光輝。

我在一旁推著三輪車。三輪車笨拙地在凹凸不平的台子上前進。與祖母的期望相符、緩慢的步伐。

為我朗讀安徒生『沒有畫的畫冊』整本書裡的三十三個夜晚[5]。讓我喝了一口梅酒。幫我捏造讀書心得（得到了文部大臣獎）。生日的時候為我唱英文歌（聽不懂歌詞的意思）。告訴我藏有毀滅世界的終極按鈕的地點……。

每當想起長官叔叔的時候，伴隨著「遵命，長官！」的帥氣敬禮、叔叔為我實現的各種心願也再次甦醒。那些事情彷彿就是體現叔叔存在的全部。即便隨著歲月流逝、關於叔叔的臉和祖母家的空間配置的記憶變得模糊，敬禮時翻轉的指尖、在朗讀和唱歌時更加讓人陶醉的聲音、終極按鈕的形狀（它偷偷地被設置偽裝成電視遙控器的按鈕中），依然和曾經的悸動一樣鮮明地浮現。那一切對我來說，就是當時長官叔叔確實在我身邊的證據。我無數次反覆地拿出證據，將它包覆在合起來的雙手之中，確認四周沒有任何人在聽之後，輕輕地對著它說「長官叔叔」。我一直守護著兩人的約定。

城壁公園位於從祖母家走路約二十分鐘的地方。穿過舊路，在與河堤交會的十字路口往東，過了橋就是公園了。叔叔不在小房間裡的時候，只要到那裡必定能見到他。管理事務所的制服是深藍色、非常普通的工作服，卻很適合手腳很長、姿勢挺拔的叔叔。和躲在小房間裡破解蜘蛛巢暗號的時候相比，在遼闊的天空下的叔叔看起來帥多了。

叔叔的工作是負責照顧護城河裡的天鵝。步道沿著護城河劃出一條大大的弧線和天鵝休息的浮島連接的地方附近，是叔叔的固定位置。基本上都會在那裡餵食飼料、觀察有無身體不適的個體以及接受觀光客委託幫忙按下相機快門。天鵝都和叔叔很親近。有的發出彷彿把人叫住似的叫聲，有的捲起長長的脖子全力展現可愛的一面。

「總共有376隻。」

叔叔說。

「一隻一隻數出來的嗎？」

「那當然啊。一隻一隻，戴上有編號的腳環。」

「是叔叔戴上去的嗎？」

「是啊。」

在尚未出現任何觀光客的早晨，將上岸至浮島的天鵝一隻一隻抱住，為了不讓牠們感到害怕而溫柔地對著牠們說話，同時在腳踝套上腳環的模樣，光只是想像就感到驕傲。從1號到376號，叔叔將公園裡的所有天鵝以家臣的身分掌握在手裡。我的叔叔是天鵝的國王，有種想要大聲地向來往於公園裡的人們炫耀的心情。

「不過，也是有缺號。」

叔叔一邊用網子撈著浮在護城河裡的枯葉、一邊說道。

「缺號是什麼意思？」

我拿著垃圾袋跟在後頭走著。

「缺了好幾個號碼。8、54、91、177、209……」

隨著網子的動作，混濁呈深綠色的護城河裡的水泛起漣漪，天鵝們避開那漣漪，橫切過水面。

「某個早晨來的時候，發現天鵝的屍體卡在石垣突起處或是橋墩下，這種情況並不罕見喔。因為年紀大而生病或是被烏鴉攻擊之類的。死去的天鵝的腳環，會由新誕生的天鵝來繼承。但有的時候，一年一隻、或兩年一隻，總會有突然間失去蹤影的天鵝。在盛夏的時分。」

「行蹤成謎。」

我將堆積在網子裡的枯葉擠進垃圾袋裡。枯葉堆摸起來既冰冷又黏稠。

「沒錯。從水底到步道沿路的樹群，四處都找過了，但還是找不到。這裡飼養的所有天鵝，風切羽都事先切除了，理論上無法飛出公園之外才對。發生這種情況時，腳環就會缺號。」

「再做一個新的不就好了嗎？」

「也許某一天會回來也說不定。我在等待。」

我凝視正在划水的天鵝的腳踝，但水中太暗，我看不見腳環。

「可是……」

叔叔將身子伸出欄杆，讓網子沉到更深的地方，劃出一道大大的弧線後補充說道。

「我想應該不會回來了吧。」

我將濕了的手往裙子上擦、注視叔叔的側臉。

「對於還不會騎三輪車的小孩子來說，天鵝的幫忙是必要的。」

因為聽不懂這句話的意思，我沉默地等待接下來的話。

「天鵝會將年紀太小而踩不到踏板的孩子背在背上，送他們一程。當然，為了讓背影能夠被看見的久一點，會像三輪車一樣慢慢地走。」

在屋簷下走廊的台子上，笨拙地前進的三輪車的觸感重新浮現。從前傾的工作服的領口，可以看見三顆痣。

「背著幼兒離去的天鵝，就再也無法回來了。永遠的缺號。」

「真的嗎？」

「恩。蜘蛛巢的暗號上是那樣寫的。」

「缺號的天鵝，心地一定很善良。」

「每天照顧的話就會知道的。眼神、划水的方式、羽毛的色調，有種說不上的氛圍。只要心想下次大概會是幾號的天鵝，幾乎都會猜中。」

天鵝各自隨意地放鬆。啪噠啪噠地走在浮島上、啄食草裡的飼料，沒有目的地隨著水流在水面滑行，成對地面向彼此、交纏脖子。護城河的遠岸，直到視線的盡頭都有它們的身影。滔滔不絕、嘶啞的鳴叫聲，和拍打水面的翅膀的聲音發出共鳴。

下次會是幾號的天鵝呢。我一隻一隻地看，卻看不出任何區別。

「叔叔的名字叫什麼？」

我問這個問題，應該是在聽到天鵝的事情之後。那是坐在步道上的長椅、吃著叔叔從公園的商店買給我的霜淇淋的時候。

「手有洗乾淨嗎？」

叔叔當下沒有回答。

「嗯。」

我豪邁地啃著霜淇淋。嘴巴四周一片白色。

叔叔的名字叫什麼。我試著在心裡重複一遍自己的問題。仔細想想，詢問名字的機會明明就多得是，為什麼到目前為止都沒有那麼做，又為什麼突然那麼想要知道，就連我自己也搞不清楚，覺得有點奇妙。除了在眺望天鵝時自然而然地脫口而出之外，找不到其他解釋。

「吃得下全部嗎？」

「嗯。」

散步的人們，一個接著一個從長椅前面走過。為了不讓融化的霜淇淋流下來，我伸出舌頭，在甜筒的邊緣舔了一圈。叔叔單手拿著裝有咖啡的紙杯，上半身前傾，茫然地望著天鵝。它們依舊自由自在地，來回游在陽光灑落的水面上。

「是長官叔叔。」

因為隔了一段時間，我沒有馬上察覺那是針對我的問題的回答。

「我的名字是長官叔叔。」

叔叔的目光依然望著遠方。

「不、不對。我想要知道是真正的名字。」

「名字沒有真的或是假的。」

「可是……」

「孩子有十三個那麼多呢。爺爺和奶奶都忘記幫我取名字了。」

「這……」

「試著想想排成一列的螞蟻。妳有看過長長的隊伍裡，最後面的最後一隻螞蟻嗎？」

我搖頭。

「沒錯吧？無論如何凝視都看不清楚。就算伸手也抓不到。就像是被吸入光亮和黑暗之間一樣，最後面總是模糊不清。」

我伸出了腳、用鞋尖踏在光與影的界線上。融化的霜淇淋滴落在那裡。

「13號是永遠的缺號。」

一隻天鵝彎著脖子、將嘴巴上下移動，發出了更加宏亮的叫聲。伴隨著那個聲音，四處響起的叫聲相互交疊。

「沒有名字，感覺有點可憐。」

我微弱的聲音，被天鵝蓋了過去。

「沒有那回事。」

叔叔馬上靠近我的臉說。

「這個世界上的一切，在被神創造出來的時候都是沒有名字的。不過因為人類不像神那麼聰明，取名字只是為了辨別上的方便。」

「是這樣嗎？」

「舉個例子，妳看、那裡。樹蔭下長著笹[6]。那個叫做壽衛子笹。最早發現的植物學家，用生病的妻子的名字加以命名。謙恭卻又高雅清淨的姿態，應該與妻子相

---

6. 笹：一種細竹

當吻合吧。或是飼養在公園東廣場的口琴兔。為其命名的是交配出這種兔子的農家的小孩。據說是把兔子舔著雙手的樣子，看成是在吹口琴。還有無數的星星。很久很久以前的人們用線將它們連在一起，在天空中作畫，以英雄或公主的名字替它們命名。」

叔叔依序指著樹蔭、東邊的方位、以及天空。

「然後我叫做長官叔叔。是可愛的姪女為了隊伍尾巴的永遠的缺號，所替我想出來的名字。」

從那天起，我沒有再問過叔叔真正的名字。也沒有試圖詢問祖母或父母親。因為我覺得那個方法太狡猾，對叔叔也很失禮。不過，我之所以將這個問題封印起來的，最大理由是因為我害怕一旦開口說出那個疑問，就會發生和按下藏在電視遙控器裡的終極按鈕，導致世界毀滅的那個按鈕一樣的事態。

長官叔叔，每當開口這麼說，我都分外地小心。彷彿填補欠缺的空號似的，彷彿目送乘載著幼小孩子的天鵝飛離似的，以溫柔的聲音呼喚著。

隔年夏天，祖母已經沒有辦法裝飾飛機和三輪車了。在梅雨季的初期因為腦中風而倒下，住院三個禮拜後便過世了。

葬禮上聚集了無數的親戚。雖然全都是感到悲傷的人，但人數越是多，與眼淚不符的興奮和喧鬧反而佔據了整個空間。在沒有任何人帶頭之下，事物自然地進行著。所有人看似雜亂無章，但其實都確實地朝著唯一的目的地，也就是目送祖母前進。

長官叔叔守著自己的固定位置。那是被霧靄包圍，有一半模糊不清到快要消失一樣，綿延不絕的隊伍的尾巴。我試著讓叔叔保持在視線範圍之內。用小心翼翼的目光追著只要一不留神便跑出視線範圍的那個身影。每當快要追丟的時候，我便會眨眼，不發出聲音而只以氣息呢喃「長官叔叔」。

回過神時叔叔已脫離隊伍，爬上梯子到閣樓的房間裡去了。除了我之外，沒有任何人留意到隊伍尾巴所發生的事情。不久後，叔叔肩上背著搖搖晃晃的行李，踩著慎重的步伐從梯子上下來。

「那是什麼？」

「三輪車。」

叔叔的聲音在霧靄裡聽起來更有深度且清澈。仔細看那的確是每年祖母都會拿來裝飾、車輪和龍頭和踏板都真的會動、牛奶糖的贈品三輪車。

「它一直收在閣樓的房間裡面嗎？」

「從這個家獨立出去的每個人所留下的物品，全部都收在那裡。」

「奶奶的東西也要搬進去才行。」

「恩。雖然會覺得有些失落。」

話說完低頭一看，叔叔跨坐上三輪車，開始踩著踏板。手和腳和身體都輕鬆地收進三輪車裡，車輪也比我用手推的時候更順暢地轉動著。

「叔叔要去哪裡呢？」

沒有回應我的問題，叔叔繼續踩著踏板。霧靄流淌、捲起漩渦，車軸在其中嘎嘎作響。

「喂，等等。」

叔叔的背影正逐漸遠去。

「長官叔叔，等一下阿。」

大聲地脫口而出的當下，我便明白自己鑄下了無法挽回的失敗。排成一列的人們回頭望向這裡。我急忙用雙手摀住嘴巴，但一切都已經太遲了。

「拜託，回來吧。」

兩個人的約定被打破的如今，想要聽到「遵命，長官！」的希望已蕩然無存。

跟隨著祖母、長官叔叔的三輪車也越來越小。不知何時，天鵝在頭頂飛翔著。

牧野富太郎
Tomitaro Makino（1862-1957）

植物學家。建立日本植物分類學的基礎。一生中收集的植物標本約有40萬件。為1500種的植物命名。與壽衛夫人之間共育有十三名子女。牧野向來不喜歡在學術研究裡投入私人情感，但唯一的例外，是將在仙台市三居澤發現的新品種的笹 ，以54歲時逝世的妻子為名，將其命名為「壽衛子笹」。

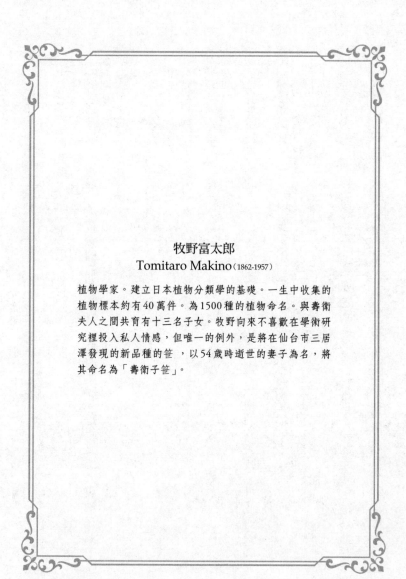

PLP0058

迫降的流星

作　者—小川洋子
譯　者—莊仲豪
編　輯—黃煜智
行銷企劃—張燕宜
內頁排版—綠貝殼資訊有限公司
發 行 人—趙政岷
出 版 者—時報文化出版企業股份有限公司
10803 台北市和平西路三段二四〇號七樓
發行專線—（〇二）二三〇六六八四二
讀者服務專線—〇八〇〇二三一七〇五
（〇二）二三〇四七一〇三
讀者服務傳真—（〇二）二三〇四六八五八
郵撥—一九三四四七二四時報文化出版公司
信箱—台北郵政七九～九九信箱
時報悅讀網—http://www.readingtimes.com.tw
思潮線臉書—https://www.facebook.com/trendage
法律顧問—理律法律事務所　陳長文律師、李念祖律師
印　刷—盈昌印刷有限公司
初版一刷—二〇一八年六月
定　價—新台幣三八〇元
（缺頁或破損的書，請寄回更換）

時報文化出版公司成立於一九七五年，
並於一九九九年股票上櫃公開發行，於二〇〇八年脫離中時集團非屬旺中，
以「尊重智慧與創意的文化事業」為信念。

迫降的流星／小川洋子著；莊仲豪譯 . -- 初版 . -- 臺北市：時報文化 , 2018.06
320 面；14.8×21 公分
譯自 : 不時着する流星たち
ISBN 978-957-13-7411-6（平裝）
861.57　107006625

ISBN 978-957-13-7411-6
Printed in Taiwan